AF080812

श्रीकांत भारती

किशोर कुमार किशोर

BlueRose ONE.com
Stories Matter
NewDelhi • London

BLUEROSE PUBLISHERS
India | U.K.

Copyright © Kishore Kumar Kishore 2023

All rights reserved by author. No part of this publication may be reproduced, stored in a retrieval system or transmitted in any form or by any means, electronic, mechanical, photocopying, recording or otherwise, without the prior permission of the author. Although every precaution has been taken to verify the accuracy of the information contained herein, the publisher assumes no responsibility for any errors or omissions. No liability is assumed for damages that may result from the use of information contained within.

BlueRose Publishers takes no responsibility for any damages, losses, or liabilities that may arise from the use or misuse of the information, products, or services provided in this publication.

For permissions requests or inquiries regarding this publication, please contact:

BLUEROSE PUBLISHERS
www.BlueRoseONE.com
info@bluerosepublishers.com
+91 8882 898 898
+4407342408967

ISBN: 978-93-5819-576-7

Cover design: Muskan Sachdeva
Typesetting: Rohit

First Edition: August 2023

श्रीकांत भारती

गौधूलि बेला लगभग समाप्त होने को थी श्रीकान्त अपने सधे कदमो से रामनगर के आउटहाउस मे बने कमरों की ओर चला जा रहा था उसके पीछे एक अठारह साल की नवयोवना अपने गोद मे बारह महीने के बच्चे को कुछ समझाते हुये चली आ रही थी आवाज जैसे मिश्री मे घुली हुई ये पहली प्रतिक्रिया थी श्रीकान्त की जो उस पक्ष द्वारा स्वीकारोक्ति मे लिया गया श्रीकान्त का स्वागत लडकी की दादी एवं मॉ ने किया दादी ने सीधा सवाल किया

तुम डॉक्टर बन गये

बिना जबाब सुने दादी अपनी सुनाने लगी

तुम हल्कू के यहॉ से हो श्रीकान्त ने हल्के से सिर हिलाया दादी निश्चिन्त होकर बोली

तुम तो हमारे गोत्र [दादी के] के हो

इतने मे लडकी पानी लेकर आई लडकी की मॉ ने बोला जो कुछ पूछना है पूछ लो श्रीकान्त ने सिर्फ इतना पूछा

आपका नाम

वह धीरे से फुसफुसाई श्रीकान्त को कुछ सुनाई नही दिया

माफ करना मैने कुछ सुना नही

माधुरी

वह तीव्र गति से बोलते हुये भाग गई इसके बाद लडकी की मॉ ने चाय बिस्कुट बुलवाया और लडकी से कहा

बैठ और बात कर जो पूछे उसका जवाब दे वह चुपचाप सर झुकाये बैठ गई

श्रीकान्त ने पूछा पढ रही हो

लडकी ने सर हिला कर जवाब दिया

हॉ

विषय कौन सा लिया है

होम साईन्स

अच्छा माधुरी ये बताओ तुम्हे गुलाब जामुन बनाना आता है लडकी हॉ और न के जवाब के पीछे फॅस गई इसलिये उसने चुप रहना ही उचित समझा

खैर छोडो स्वेटर तो बना दोगी न

जी

कह कर भाग गई

वह फिर न आई शेष बातें लडकी की मॉ एवं श्रीकान्त के बीच हुई

श्रीकान्त भी वहॉ से अपने दादा के घर वापस हो लिया

समयान्तर बाद श्रीकान्त के दादा के घर सालाना पूजा का आयोजन हुआ माधुरी का परिवार भी उसमे सम्मिलित हुआ माधुरी पूजाविधी के दौरान श्रीकान्त की भाभियों के साथ बैठी थी और तिरछी नजर से श्रीकान्त को देखे जा रही थी पूजा समाप्ति के बाद समाज के सब बडे बुजुर्ग एक साथ बैठ गये माधुरी की मॉ ने माघुरी के विवाह का प्रस्ताव सबके सामने रखा श्रीकान्त के पिता लालचंद ने जवाब दिया

रिस्तेदारों से चर्चा कर आपको जवाब दे दिया जायेगा

श्रीकान्त इन सारी गतिविधियो से दूर भीड को चीरती हुई वे दो ऑखे जो उस तक आते आते टिक जाती थी को सोच

रहा था दूसरे दिन लालचंद जी बंगले (जिस आउटहाउस मे माधुरी का परिवार रहता है उसे बंगले के नाम से पहचाना जाता है) पहुॅचते है और अपना निर्णय बताते है

माफ करना आपसे संबंध नही जुड पायेगा

उसी शाम माधुरी की मॉ श्रीकान्त के दादा के घर पहुॅचती है और न का कारण पूछती है वास्तविक कारण को टालते हुये यह कहा जाता है कि

हमे समकक्ष रिश्ता देखना है यह सुनते ही लडकी की मॉ बिफरा जाती है

ऐसे कैसे मेरे पति नायब सूबेदार है और आपसे उॅचे ही है फिर थोडी देर रूक कर बोलती है

रिश्ता होगा तो इसी लडके से होगा हमने सारे गुण मिलान कर लिये है पंडित ने तो लिखकर दे दिया है

इन सब बातो से बेखबर श्रीकान्त पूछता है

बात पक्की हो गई

तो उसको इतना कहा जाता है कि

लडकी का चाल चलन ठीक नही है यहॉ के लोगो ने बताया है

बात आई गई नही हुई लडकी की मॉ ने इसे एक चुनौती मान कर अपने तेज दिमाग का इस्तेमाल किया रामनगर मे पदस्थ डॉ पवार से श्रीकान्त का पता लिया और अपनी बिटिया को श्रीकान्त को पत्र लिखने को कहा माधुरी संकोच मे क्या लिखूॅ क्या नही सोच कर सहम गई फिर उसको विचार आया क्यों न एक ग्रीटिन्ग भेज दिया जाये

प्रिय..................

चरण स्पर्श

बिना विषय वस्तु के वह ग्रीटिंग एक उत्सुकता बन गई श्रीकान्त को कुछ सूझा नही सोचा केवलारी से कुछ ही दूर है राम नगर घर हो आउॅगा ओर मिल भी लुंगा वह अपनी मोटरसाईकिल लेकर मात्र ढेड घन्टे मे रामनगर पहुॅचा घर मे अपना हुलिया ठीक कर माधुरी के घर गया इस बार माधुरी बिना किसी संकोच के श्रीकान्त के पास आ गई

अरे आप ! कैसे आना हुआ बैठो कह कर पानी लेने चली गई

श्रीकान्त ने कहा

आपने जो ग्रीटिंग भेजी थी बिना किसी विषय वस्तु के वो समझ नही आया

माधुरी ने तुरंत जवाब दिया

आपको बुलाने के लिये

श्रीकान्त ने कहा अच्छा इतना भरोसा

हॉ पूजा वाले दिन आपकी ऑखो को पढ चुकी थी

'अम्मा दादी कहॉ है"

'दादी गांव गई है अम्मा बाजार गई है"

आज पहली बार मै किसी लडकी के इतने करीब हॅू

कहते हुये श्री माधुरी का हाथ पकड उसकी हथेली को चूम लेता है और उसे बाहों मे भर कर भींच लेता है फिर दोनो आजू बाजू बैठ कर बातियाने लगते है

'मै नही मान सकती" माधुरी ने कहा

'यकीन मानो ये मेरा पहला अनुभव है हॉ मै एक लडकी को बचपन से एक तरफा चाहता रहा हॅू लेकिन उसको अपने दिल की बात नही कह सका"

क्यों माधुरी ने प्रश्न किया

‘पिताजी मुझसे मेरे बडे पिता जी को पत्र लिखवाया करते थे विशेष रूप से उनके बडी बिटिया के शादी को लेकर जहॉ पर भी शादी की बात चलाई सबने यही कहा बडे पिताजी ने दूसरी शादी परजात से की है इसलिये हम यहॉ रिश्ता नही कर पायेंगे जिसके कारण छोटी बहन का रिश्ता शी नही जम पा रहा था श ये बात मेरे बालमन मे कहीं गहरे बैठ गई और मेरे इस कदम के कारण मेरे छोटे भाई बहनो को सामाजिक कोप न झेलना पडे यही सोच कर मैने अपने दिल की बात नही बोली

ष्चलो अच्छा हुआ कम से कम आप हमारे घर तो बैठे हैश कहते हुये माधुरी खिलखिला पडी उत्सुकता वश माधुरी ने पुछ लिया

आपने क्यों पसंद किया

मै छॅटवी मे था तब मोहल्ले के बडे भाईयो ने सांस्कृतिक संध्या का आयोजन किया था जिसमे किरण ने दीप नृत्य किया था

तो किरण नाम है उसका तो वो नाच आपको पसंद आया और आपने किरण को पसंद कर लिया

हॉ किरण अपने नानी के घर चिरमिरी मे रहती थी वापस चली गई फिर उसने ग्यारहवी मे मंडला मे जहॉ हमारा घर है आकर एडमिशन लिया माधुरी की उत्सुकता बढती जा रही थी श्रीकान्त ने फिर कहना शुरू किया वह अक्सर घर चली आती थी किसी न किसी सबजेक्ट पर मुझसे पूछने वह जब भी बात करती उसके होंठ हमेशा कंपकपाते थे और जब ऐसा होने लगता वह तुरंत घर चली जाती थी

आप उसको समझ नही सके वह भी आपको चाहती थी श्रीकान्त ने अपनी बात को वही विराम दिया

अब बाद मे बताउंगा अब तुम अपने बारे मे बताओ

मैने होस्टल मे रह कर पढाई की है होस्टल की अधीक्षिका बहुत सख्त थी किसी भी लडके से मेरी कोई दोस्ती नही हुई हॉ यही पर समाज का एक लडका था जिसके साथ उनकी तरफ से मुझे मांगने की कोशिश चल रही है लेकिन हमारी तरफ से मना कर दिया गया उनके घर मेरा आना जाना रहता है लडका बहुत सुन्दर है मन मोहन नाम है उसका आप नही आते तो उसकी तरफ बात पक्की हो जाती हमारा उसके घर आना जाना होता है ज्यादातर लडके की मॉ जिन्हे हम मौसी कहते है मुझे बुला लेती थी इस तरह दोनो के बात चीत की शुरूआत हुई

श्रीकान्त वापस जाने के लिये उठा तो माधुरी ने आतुरता से श्रीकान्त को भींच लिया और बोली

अब कब आओगे

देखो छुटटी मिलेगी तो आता हूँ

पंद्रह दिन भी न बीते और श्रीकान्त रामनगर पहॅुच गया दूसरे दिन महा शिवरात्री थी माधुरी जैसे इंतजार ही कर रही थी वह जमकर श्रीकान्त के गले लग गई श्रीकान्त ने उसे अपने से अलग करते हुये अपने पास बैठाया फिर बोला

मै मंडला गया था घर मे बाबू से और भाई बहनो से बात की लेकिन सबने एक स्वर से मना कर दिया थोडा रूककर श्रीकान्त ने बोला यहॉ शिवरात्री मे बहुत बडा मेला लगता है कल चलते है और महादेव को मनाते है ताकी घर वाले मान

जायें दूसरे दिन ठीक सुबह आठ बजे श्रीकान्त बंगले पहुॅच गया माधुरी तैयार नही हुई थी

अरे जल्दी तैयार हो भीड बहुत रहती है दर्शन मे लेट हो जायेंगे

माधुरी ने अपनी मॉ की तरफ देखा

ठीक तो कह रहे हैं तुम्हे पहले ही तैयार हो जाना चाहिये था कहकर मॉ चाय बनाने लग गई माधुरी तैयार होती मॉ श्रीकान्त से बतियाने लगी

बेटा समाज वाले किसी का भला होना नही देखना चाहते इसलिये मनगढन्त किस्से बनाकर सुना दिया करते है मेरी लडकी होस्टल मे रह कर पढी है यहॉ के कुछ लडके इसके पीछे पडे थे होस्टल के आसपास चक्कर काटते थे तो और इसको देख कर छींटा कसी करते थे इसने वार्डन से शिकायत कर दी तो उन लडको की पिटाई हो गई यही बात है बेटा लोगो के हमारे खिलाफ होने का

चलिये मै तैयार हो गई बोलते हुये माधुरी चली आ रही थी मॉ को देख ठिठक गई

रूक क्यो गई आ जा चाय पी ले

श्रीकान्त एक टक उसे देख रहा था तोता ग्रीन सलवार कुरती मे बेहद सुन्दर लग रही थी शायद श्रीकान्त के हल्के ग्रीन शर्ट को देखकर मैच किया था वह बार बार अपनी चुन्नी को सहेज रही थी और कनखियों से श्रीकान्त की तरफ नजर मार रही थी श्रीकान्त मुस्कुराया और कहने लगा

बहुत सुन्दर लग रही हो तुम्हे तो पहले ही समझ जाना चाहिये था जब मै तुम्हे देख रहा था

चलो जी सुनने मे जो फीलिंग होती है वो समझने मे कहॉ

थैंक्स और वो खिलखिलाकर हॅस पडी

दोनो पैदल बिना कोई बात किये महादेव मंदिर के लिये निकल गये चुप्पी माधुरी ने तोडी

अभी तक हम एक दूसरे को किसी नाम से संबोधित नही कर रहे है मै आपको श्री बोलूं तो चलेगा और आप मुझे क्या कहेंगे

श्रीकान्त ने कहा चलेगा नही दौडेगा और फिर मजाक मे बोलने लगा री बोलूं तो तुमने मेरे नाम का पहला अक्षर लिया तो मैने तुम्हारे नाम का आखिरी अक्षर ले लिया

धत्त ये भी कोई नाम है चिढ कर श्रीकान्त से थोडी दूर हो गई

तो तुम्हे गुस्सा भी आता है उसका हाथ पकड कर अपनी ओर खींचते हुये बोला

अरे मै तो मजाक कर रहा था शहद सी मीठी आवाज को मधु ही बोलूंगा वह श्री के और नजदीक आ गई

हॉ ये ठीक है

डामर रोड छोड कर दोनो ने पगडंडियो का रास्ता पकडा और एक दूसरे का हाथ थामे हॅसते खिलखिलाते हुये चलते रहे घना जंगल टेडी मेढी राहे महुये और आम के वृक्ष पहाडो मे कहीं कहीं बूंद बूंद रिसता जल माधुरी चहकती हुई रिसते पानी को देख कर रूक गई श्री इसका पानी बहुत मीठा है चलो पीते है और अपने बैग से पानी की बोतल निकाली और पानी भरने लगी श्री को पानी पीने को दिया

वाकई बहुत मीठा पानी है और ठंडा

राह गीरो की प्यास को शान्त करता हुआ

प्रकति भरपूर है देने के लिये लेकिन इंसान अपनी लिप्सा मे बेतहासा दोहन करने से बाज नही आता जगह जगह कटे वृक्ष विशेष रूप से सागोन और साल के दोनो एक पेड के नीचे सुस्ताने के लिये बैठ जाते है

श्री अपने बारे मे बताने लगा मै सतमासा पैदा हुआ और कम वजन का मुझे रूई मे लपेट कर रखते थे बिल्कुल चिडिया के बच्चे सरीखा लाड से मुझे पडोस की नानियां दादियां आन्टी सब चूचु का मुरब्बा कहते थे मुझे बीमारी बहुत जल्दी लग जाती थी और बाबू की दौड डॉ मुखर्जी की तरफ मेरे सातवीं आने तक डॉ मुखर्जी और बीमारी से मेरा पीछा नही छूटा

तो चूचु के मुरब्बे तभी तुम इतने दुबले हो

हॉ मै अपने चेहरे को देखता हूॅ तो मुझे अपने पिचके गालो पर गुस्सा आता है कभी कभी तो ये गाना अपने उपर फिट नजर आता है जाने क्या ढूॅढती रहती है ये ऑखे मुझमे राख के ढेर मे शोला है न चिंगारी है

आप क्यों सोचते है ऐसा आपके पास बहुत प्यारा दिल है

हॉ तुमने मुझे पसन्द किया इसके लिये थैंक्स यही बात मेरी चचेरी बहन की सहेली ने बोला था हर लडकी की अपनी सोच होती है वह किस रूप मे अपने जीवन साथी को चुनती है यह उसका व्यक्तिगत निर्णय होता है हो सकता है आपकी एकान्त प्रिय जीवनशैली उसे पसन्द आ जाये हो सकता है कोई आपको पसन्द करती हो

अचानक मुझे याद आया

हॉ कॉलेज मे एक लडकी वायवा के दौरान जब मै अटक जाता था तो धीरे से मुझे उत्तर बताती थी मैने इस बात की

तसदीक भी की कि क्या वो हर छात्र को उत्तर बताती है तो पता चला कि वो मेरे अलावा किसी की सहायता नही करती थी उस लडकी को सारे लडके सपाट मैदान के नाम से चिढाते थे

लडकी के लिये उसकी सुन्दरता मे उसके यौवन उभार एक महत्वपूर्ण रोल निभाते है क्योकि आप ने उस पर कभी कमेन्ट नही किया होगा इसलिये वो आपको पसन्द करने लगी मधु ने जवाब दिया फिर कहने लगी

मेरे पापा मंडला मे मजदूरी किया करते थे मेरा जन्म जब हुआ उसी दिन पापा को सैनिक शिक्षा कोर मे नौकरी का पत्र मिला उस दिन पापा के पास जेब मे कुछ रूप्ये थे लेकिन इतने नही कि वो राम नगर आ सके उन्होने साईकिल किराये से ली ओर रामनगर पहुॅचे घर मे खुशी का माहोल था सब मुझे भाग्यशाली मानने लगे पापा जब सेटल हो गये तब उन्होने हमे अपने पास बुला लिया उस समय मै पहली कक्षा मे पढ रही थी पापा की साल दो साल मे अलग अलग जगह पोस्टिंग होती रही इस बीच बांग्लादेश का युध्द शुरू हो गया पापा भी इसमे शामिल हुये पाकिस्तानी सैनिको द्वारा पकडे गये किसी तरह सैनिको को चकमा देकर वहॉ से भाग निकले और छै महिने बाद अपने केम्प पहुॅचे फिर इलाज के बाद घर आये इसके बाद पापा की पोस्टिंग माउन्ट आबू मे हुई बहुत सुन्दर जगह है चलना कभी घूम कर आयेंगे माउन्ट आबू मे मै तीसरी कक्षा मे थी पॉचवी कक्षा तक वही पढाई की फिर रामनगर आ गये छटवीं से होस्टल मे रह कर पढाई की दोनो सुस्ताने के बाद उठे और चलने लगे मधु ने अचानक डिमान्ड कर दी गाने की श्री ने गाना शुरू किया

हमने देखी है इन ऑखों की महकती खुशबु प्यार को प्यार ही रहने दो कोई नाम न दो हाथ से छूकर इसे रिश्तो का इल्जाम न दो

ये क्या हम हाथ पकड कर चल रहे है और रिश्ता भी जुडने वाला है ऐसा लगता है आप एक पहेली है कभी समझ मे आते है कभी गुम हो जाते है

मधु चलो छोडो इस गाने का रहस्य बाद मे बताउंगा अब ये गाना तुम्हारे लिये श्री गाने लगता है

मेरे दिल मे आज क्या है तू कहे तो मै बता दूँ

मधु बडी तन्मयता से सुनती है धीरे से अपना रूमाल गिरा कर श्री का पॉव छू लेती है

श्री मधु को भी गाने के लिये कहता है मधु गाना गाती है दिखाई दिये यूं कि बेखुद किया हमे आपसे भी जुदा कर चले

अरे वाह बहुत अच्छी पसंद है तुम्हारी बहुत अच्छा गाती हो एक गाना और

तुझसे नाराज नही जिंदगी हैरान हूँ मै तेरे मासूम सवालो से परेशान हूँ मै मधु तुम्हारी पसंद तो क्लासीकल है वोव

महादेव की गुफा मे शिव जी के दर्शन कर अपनी मांग दोनो सामने रखते है और शाम को वापस होते है

आज रात यहीं रूक जाना मधु आग्रह पूर्वक कहती है

श्री मना नही कर पाता रात का भोजन करने के पश्चात श्री का बिस्तर मधु लगाती है और श्री को आराम करने को कहती है रात 11 बजे श्री के बिस्तर मे मधु लगभग अर्ध नग्न अवस्था मे आ जाती है श्री इस अप्रत्याशित स्थिति को सामने आया देख कर भौंचक्का हो जाता है वह कुछ न कहते हुये चुपचाप मधु की तरफ करवट कर उसे देखने लगता है मधु तुम्हारा बदन तो खूब तप रहा हैं बुखार है वह न मे सिर

हिलाती है वह अपने सांस पर काबू नही कर पाती है श्री उठ कर बैठ जाता है बिस्तर से बाहर निकल कर लाईट जलाता है मधु के इस रूप को देख कर श्री के मुख से इतना ही निकलता है बहुत सुन्दर बहुत गठा हुआ शरीर है और उसको चादर से ढंक देता है मधु दौडकर अपने कमरे से मेक्सी पहन कर आ जाती है फिर मधु कहती है

मै आपको समझना चाहती थी आपने मेरा सम्मान करके अपने आप को ईश्वर तुल्य बना दिया

श्री जम्हाई लेते हुये कहता है

बहुत थक गया हूॅ चलो सोते है

दोनो एक दूसरे से चिपक कर सो जाते है श्री नित्य क्रिया से निपट कर नहाने चला जाता है माताराम श्री के लिये नाश्ता चाय लेकर आती है और श्री से बतियाने लगती है

मधु के पापा मिलेटरी मे है साल मे एक –दो बार ही घर आते है बहुत सी बातें आपको सुनने को मिलेंगी बेटा तुम उन पर ध्यान नही देना श्री बेमन से सुनता है चाय समाप्त कर जाने की अनुमति लेता है रास्ते मे उसके दिमाग मे माताराम का कहा चैलेन्ज कौंध जाता है कहीं रात का घटनाक्रम उस चैलैन्ज का प्रति रूप तो नही है मै बदनाम होकर विवाह बंधन मे नही बंधूंगा और किसी भी स्तर पर बहकूंगा नही इस तरह श्री सप्ताह दस दिन मे बंगला पहॅुच जाता था

एक दिन श्री जब बंगले पहॅुचता है तो उसे पता चलता है किरण अपने भाई के पास आई है फॉरेस्ट कालोनी मे श्री मधु से बोलता है मै किरण से मिलने जा रहा हु

हॉ

कह कर वो अपने काम मे लग जाती है श्री उसकी नाराजगी को नजर अंदाज कर निकल जाता है भाई बहन दोनो घर मे ही थे श्री से पूछते है

यहॉ कैसे

मेरी बंगले मे रहने वाली एक लडकी से विवाह की बात चल रही है उनके यहॉ मिलने आया हूं किरण थोडी देर मे अपनी प्रतिक्रिया देती है

चलो ठीक हुआ आज शाम को आ जाना आपका डिनर यहीं होगा

श्री शाम को फारेस्ट कालोनी पहुॅच जाता है खीर पुडी सब्जी दाल चावल रसगुल्ला उसे परोसा जाता है भोजन करने के बाद श्री और भैया आपस मे बात करने लगते है

अभी कहॉ पोस्टिंग है तुम्हारी

भैया पुछते है

जी केवलारी

श्री जवाब देता है इस बीच किरण बोलती है

मैने देर कर दी

इस पर भैया बोलते है देर अबेर करना तुम्हारी आदत है पत्र का जबाब ...

इस पर श्री एक दम से बोल उठता है क्या मेरा पत्र तुम्हे मिल गया था

किरण हॉ भैया को बता दिया था और उन्होने मंजूरी भी दे दी थी

फिर जवाब क्यो नही दिया तुमने किरण बिना जवाब दिये अंदर चली जाती है श्री जोर से बोलता है तुम अगर दो लाईन की चिटठी ही भेज देती मै दौडा चला आता आज मै

दुविधा मे फॅस गया हूॅ नही तो आज ही भैया से बात कर तुम्हे मांग लेता किरण बोलो मै आज भी तैयार हूॅ तुम्हारे हॉ का इन्तजार है किरण कोई जवाब नही देती भैया बोलते है अब वो नही बोलेगी वो किसी का बसता हुआ घर नही तोडना चाहती तुम्हारे जाने के बाद हम दोनो ने इस बारे मे बात की थी मैने किरण को कहा तुम अगर हॉ बोलो तो उसने यही बोला जो मैने अभी कहा श्री तुम यहॉ आओ तो घर आ जाना श्री उदास सा बाहर आता है फिर खुद को संभालते हुये श्री बंगले पहुॅचता है मधु उसे नजरअंदाज करती दिखती है तुमने खाना खा लिया जबाब माताराम देती है तुम्हारे इंतजार मे भूखी बैठी है श्री हॅस देता है अरे मैने आधा पेट खाया चलो साथ खाते है मधु दोनो के लिये थाली परोस कर ले आती है कैसी है किरण मुझसे तो गोरी होगी

नही

श्री बोलता है उसका गेहुआ रंग है हॉ मधु शिवरात्री मेले वाले दिन मैने एक गाना गाया था प्यार को प्यार ही रहने दो अभी पिछले होली मे हम सब दोस्तो ने यह विचार किया मोहल्ले मोहल्ले होलिका दहन होता है जिसके कारण जगह जगह सैकडो लकडी नष्ट हो जाती है क्यों न सब मोहल्ले की होलिकाओं को एकत्र कर एक ही स्थान पर होलिका दहन किया जाये सबने एक स्वर मे हॉ कहा फिर सभी दोस्तो ने अपने अपने मोहल्ले बांट लिये और ये सफलतम प्रयास रहा अब सांस्कृतिक कार्यक्रम को तैयार करना बाकी था मैने किरण से हमने देखी है इन आखों की महकती .....लेकिन किरण ने उस गाने को नजर अंदाज कर यह गीत गाया करवटें बदलते रहे सारी रात हम तमाम अटकलो के बावजूद कि होली हुडदंगो का त्योहार है कार्यक्रम बहुत सफल रहा

उसने अपना संदेश दे दिया था मधु ने कहा

श्रीकांत भारती

श्री ने कहा उसने अपनी पसंद का गाना गाया इसमे कौन सा संदेश

खैर छोडो मधु बात टाल गई किरण के बारे मे श्री बहुत कुछ कहना चाह रहा था मधु जम्हाई लेते हुये कहने लगी नींद आ रही है और सोने चली गई दो घन्टे बाद वह वापस श्री के बिस्तर पर आ जाती है

मधु के जन्म दिन के दिन उसकी सहेली शरीफा और हेमलता भी उपस्थित थे जीजा सुना है आप गाना बहुत अच्छा गाते है जीजी पहले केक तो काट ले श्री ने कहा मधु ने कहा श्री केक काटने के बाद तत्काल मेरा गिफट हॉ हॉ तैयार है केक काटा गया हेप्पी बर्थ डे के समवेत स्वर से बधाई दी गई इसके तुरंत बाद श्री ने अपनी जेब से पनामा सिगरेट निकाल कर मधु के हाथ मे दे दिया और बोला आज के बाद मै कभी सिगरेट तम्बाखू से बने पदार्थ का सेवन नही करूंगा सबने जोरदार तालियो से अभिवादन किया सभी सहेलियो ने मधु को गले लगा कर बधाई दी

मधु की सहेलियो के जाने के बाद श्री और मधु आपस मे बतियाने लगे श्री ने कहा

तुम्हारी और शरीफा मे कुछ ज्यादा दोस्ती लग रही है

मधु ने कहा हम दोनो स्कूल समय से ही बहुत अच्छे फ्रेन्ड रहे है वह बहुत गन्दी लडकी है एक बार जब उसके पेरेन्ट कही बाहर गये थे तो शरीफा ने घर मे रूकने के लिये कह दिया था जिस पर मैने माताराम से अनुमति ले ली थी उसने मुझे रात भर सोने नही दिया और मेरे साथ आदमी औरत जैसे संबंध बनाये फिर थोडा रूक कर श्री के गले लग गई आज मै भी आपको एक गिफट दूंगी और दौड कर अपने कमरे मे चली गई दरवाजा बंद कर लिया फिर लाल साडी मे

तैयार होकर बाहर निकली श्री का बिस्तर नये चादर से तैयार किया ओर फूल बिछा दिये उस समय रात के बारह बज रहे थे श्री को मधु ने बाहर ही बैठने को कह रखा था घर के सब लोग सो गये थे उसने धीरे से आवाज दी आ जाओ श्री जब बिस्तर मे पहुँचा तो सारी बात समझ गया फिर भी संकोच मे हिम्मत नही कर पाया इसके पहले वो कुछ कहता मधु कहने लगती है चिन्ता न करो मैने कल ही सिर धोया है श्री निश्चिन्त हो जाता है और लाज के एकएक बंद खोलने लगता है

सुबह गीली मिटटी की सौंधी खुशबू लिये उतरती है एक शर्मीली हँसी मधु के ऑखो मे उतरा रही थी वह नहा धोकर श्री के लिये चाय नाश्ता लिये खडी सोच रही थी जिंदगी कितनी खूबसूरत है वह गुनगुना रही थी बडे अच्छे लगते है ये धरती ये नदिया ये रैना और तुम मधु ने नाश्ता लगाया और श्री के सामने बैठ गई कहने लगी बहुत प्यारा संसार बसायेंगे हम दोनो देखना श्री दुनिया वाले हमारे रिश्ते को देखकर जल जल मरेंगे

अभी तक सोये नही क्या पता नही किसको मन मे बसा रक्खा है उसी को सोचते रहते हो मधु की तेज आवाज श्री के कानो से टकराती है श्री बडबडाता है तुम्ही को तो सोच रहा हूँ मधु का वो सपना कहॉ चला गया न जाने किसकी नजर लग गई

एक दिन श्री मधु से कहता है हम रामनगर से बाहर निकले ही नही कहीं तो बाहर घूमने जाये मधु ने सर हिला कर मंजूरी दी और कहा मै जुगाड करती हूँ फिर तय हुआ श्री केवलारी से और मधु रामनगर से मंडला पहुँचेंगे मधु एक दिन पहले ही मंडला अपनी सहेली के साथ पहुँच कर उसके घर मे रूक जाती है श्री सुबह तीन बजे मंडला पहुँचता है

उस दिन मूसलाधार बारिस हो रही थी श्री लगातार सुबह सात बजे तक बस स्टेण्ड के तीन चार किलोमीटर के दायरे मे भींगता हुआ टहलता रहा जब तक की मधु उसे लेने नही पहुँची श्री को लेकर मधु सहेली के घर पहुँची श्री ने अपने गीले कपडे बदले वहॉ पर दोनो ने नाश्ता किया फिर जबलपुर के लिये निकल पडे भेडाघाट घूमा फिर शहर आकर ज्योति सिनेमा मे मूवी देखने के लिये पहुँचे श्री डर रहा था कि कहीं कोई पकड न ले श्री ने बाहर से सिंदूर की डिबिया ले आया और एक कोने मे मधु को ले जाकर उसकी मांग भर दी इस सब प्रकिया को एक महिला देख रही थी उससे रहा न गया उसने मधु को ताना मारा

मांग तो भर ली मंगलसूत्र कहॉ है

मधु ने श्री के कंधे पर हाथ रख कर जवाब दिया

ये है मेरा मंगलसूत्र

और श्री का हाथ पकड कर थियेटर मे घुस गई रात होटल मे रूक कर दूसरे दिन देर रात दोनो रामनगर पहुँचे

माताराम शादी की तारीख निकलवा चुकी थी जनवरी के दस तारीख को विवाह का दिन निश्चित पाया श्री फिर मंडला पहुँचा पिता और भाई बहनो को मनाने लेकिन कोई भी राजी नही हुआ श्री की शादी मे सारा राम नगर दुल्हन की तरह सज गया दोनो ही परिवार रामनगर मे चर्चित परिवार है श्री की जब बारात निकली हर घर ने श्री की आरती उतारी जिस हॉस्टल मे मधु रहती थी उसकी अधीक्षिका एवं समस्त छात्राओं ने श्री की बारात का भव्य स्वागत आरती उतार कर एवं नृत्य कर गीत गाकर किया बारात जब द्वार पर पहुँची मिलीटरी बैण्ड ने स्वागत धुन बजाकर स्वागत किया

श्रीकांत भारती

सभी का फूल माला से स्वागत किया गया दूल्हे को सोने की अँगूठी दी गई द्वाराचार के बाद श्री को स्टेज पर बिठाया गया फिर सास ने स्टेज पर आकर दूल्हे को खीर और गुलाब जामुन खिलाया सास एवं अन्य महिलाओं के जाने के बाद श्री निस्तार के लिये उठा और बाहर जाने लगा तो श्री का मंझला शाला पास आ गया और कहने लगा

जीजा दस रूपये दो

श्री मजाक मे कहता है

तो दस रूप्ये मे तुमने अपनी दीदी मुझे दे दी

नही मैने अपको खरीद लिया

उसकी हाजिर जबावी पर श्री मूक हो गया

निस्तार से वापस होने पर उसके मित्र बैठे दिखाई दिये श्री उनके पास गया उनसे बात की पूछा

कहॉ रूके हो

तो उन्होने जवाब दिया यहीं सबने श्री को शुभकामना देते हुये उसे स्टेज की तरफ ढकेला

इसके बाद माल्यार्पण का कार्यक्रम हुआ फिर दूल्हा दुल्हन को नीचे एक जगह बिठाया गया सभी ने दूल्हा दुल्हन के पॉव धोकर भेंट प्रदान किये

आज भी कहा जाता है इसके पहले न इसके बाद कोई बारात ऐसी निकली यहॉ तक की धनकुबेरों की बारात भी फीकी पड गई

श्री के घर के सदस्यो के तमाम विरोघों के बावजूद मधु ने अपने घर जाना उचित समझा दहेज का सारा सामान लेकर

मधु और श्री घर पहुँचे घर वालों ने बेमन से ही सही दोनो का स्वागत मान्य रीति रिवाजो से किया

श्री मधु के इस निर्णय से बहुत खुश हुआ लेकिन इसके पीछे का कारण पूछने के लिये मधु से प्रश्न किया मधु का जबाव सुन कर श्री मधु के दृष्टीकोण से सहमत हुआ मधु ने कहा

हमारे संबंध न बनने देने मे इन्ही लोगो का हाथ है बडे पिताजी आपसे संबंध न बना कर अपने बेटे से रिश्ता करना चाहते थे और अभी इनके घर चले जाते तो सारा दहेज का सामान रख लेते इसलिये इन सब ने आपके पापा को इतना भडका दिया था कि वे सपने मे भी रिश्ता न करते आपके घर के सदस्यो के अलावा आपके परिवार का हर सदस्य अपनी शादी मे सम्मिलित हुआ

घर मे कुछ दिन रहने के पश्चात दोनो केवलारी पहुँचे पता चला कि श्री को पनारपानी मे जो कि केवलारी का दूरस्थ गॉव था संलग्न कर दिया गया है वहॉ पहुचने के लिये सिर्फ बैलगाडी से जाना पडता है अन्य कोई साधन उपलब्ध नही थे बरसात के दिनो मे तो जाना और मुश्किल हो जाता है रामनगर से लौटते समय देर हो जाती थी तो मुख्य्य सडक से लगे हुये उप स्वास्थ्य केन्द्र पर रात्री विश्राम कर सुबह पनार पानी के लिये रवाना होना पडता था मधु इस बीच प्रेग्नेन्ट हो गई थी इसी दौरान महिला बाल विकास मे पर्यवेक्षक के पद के लिये वेकेन्सी निकली थी जिसका फार्म भरवाया गया एवं परीक्षा की तैयारी के लिये श्री और मधु जी जान से जुट गये मधु ने परीक्षा पास कर ली थी अब साक्षत्कार के लिये भोपाल जाना था मधु और श्री भोपाल पहुँचे साक्षाकार मे मधु से सिर्फ इतना पूछा तुम्हारे पति इतनी बडी पोस्ट पर है फिर भी तुम नौकरी करना चाहती हो मधु

का जबाव था उन्होने ही मुझे इसके लिये प्रेरित किया फिर रूक कर कहा जीवन मे किसी की भी जिन्दगी का कोई भरोसा नही इसलिये मैने नौकरी करने का फैसला किया इसके बाद साक्षात्कार टीम ने कोई प्रश्न नही किया और वापस जाने को कह दिया मधु को लगा नौकरी हाथ से गई इसके एक सप्ताह बाद मधु को उसकी नियुक्ति का पत्र मिला उसकी खुशी का कोई ठिकाना नही था उसकी पोस्टिंग केवलारी से तीस किलोमीटर दूर खापा मे हुई खापा विकास खण्ड हर्रा के अधीन आता है मधु को ले जाकर वहॉ उपस्थिति दिलवाई फिर वहॉ से खापा आये श्री के मौसा मौसी खापा मे ही रहते है उनसे मिले तथा किराये का मकान ढूॅढा

श्री को पनार पानी मे रहते हुये छह महीने हो गये थे मधु मेडिकल लीव लेकर पनार पानी आ गई सातवां महीना चल रहा था आंठवा महिना लगते लगते मधु को रात को बारह बजे अचानक पेट मे तेज दर्द उठा केवलरी ले जाने के लिये कोई साधन नही मिला फिर श्री गांव के समाज के एक रिस्तेदार के घर पहॅुचा उनको लेकर घर आया तब तक दर्द और बढ गये थे उपस्थित महिलाओं ने प्रसव कराया मृत बालिका का जन्म हुआ जिसके कारण मधु मानसिक रूप से उदास रहने लगी श्री इस बात को सोच कर उदास हो गया कि काश वे केवलारी मे रहते तो समय पर महिला चिकित्सक की मौजूदगी मे मधु को दिखाया होता तो नन्ही बच्ची गोद मे होती काश पनार पानी मे पहॅुच मार्ग बन गया होता तो वहॉ के निवासियों को इस तरह की परेशानी नही झेलनी पडती श्री ने अपने तरफ से सारे प्रयास कर लिये थे लेकिन सफल नही हो सका मधु ने हल्के दर्द को गंभीरता से नही लिया

'श्री और मधु रामनगर गये तो पता चला कि श्री की भाभी प्रसव के दौरान झटके आने के कारण शिशु बालिका को जन्म देकर मर गई शहर मे रहने के बाद भी चिकित्सक को नही दिखाना नियमानुसार गर्भकाल के दौरन समय समय पर उपस्वास्थ्य केन्द्र मे न जाना सब जानकारी होते हुये भी उदासीनता बरतना जिस कारण भाभी की जान गई मधु की उदासी देखकर माताराम ने उस बालिका को गोद लेने के लिये कहा मधु को जैसे जिंदगी मिल गई और श्री और मधु की जिंदगी मे एक छोटी सी नन्ही गुडिया ने खेलना शुरू कर दिया एक बार केवलारी से राम नगर जाते समय गुडिया जिसे हम प्यार से पुतुल कहते थे ने अपनी ऑखे फेर ली श्री ने तत्काल अपने बेग मे रखे इन्जेक्सन लगाये कुछ देर बाद पुतुल की सांसे सामान्य हुई श्री और मधु की जान मे जान आई

धीरे धीरे पुतुल पांव पांव चलने लगी मधु को अपने कार्यालयीन कार्य से सिवनी जाना पडता था एक दिन पुतुल देख रेख वाली लडकी को चकमा दे कर ग्राम भ्रमण पर निकल गई एक स्थान पर कुऑ मे दिखा पुतुल उसकी मुंडेर से झांक रही थी इतने मे श्री की मौसी ने उसे कुऐं झांकते देख लिया अरे पुतुल ये क्या कर रही हो पुतुंल ने तोतली वाणी मे बोला

मॉ यहॉ है मॉ को देख रही हूॅ

मौसी ने उसे गोद मे उठाया पुतुल जिद करने लगी

नही मॉ वही पर है मै मॉ के पास जाउंगी वहॉ मुझे मॉ दिखी थी

मौसी ने उसे समझा बुझा कर ंघर ले आई इस घटना से डर कर मधु ने पुतुल को रामनगर अपनी मॉ के पास छोडा

मधु का खापा मे रहने वाली पति को छोड कर आई एक नवयुवति से मित्रता हो गई दोनो आपस मे शारीरिक संबंधो को लेकर बात किया करते थे उस नवयोवना का नाम दमयन्ती था दमयन्ती बताती है कि उसके पति मे संबंघ बनाने लायक कुछ भी नही था इसलिये वह भाग आई फिर अक्सर श्री के बारे मे बात करने लगती धीरे धीरे दोस्ती प्रगाढता मे बदल गई एक दिन कहने लगी तुम्हारे पति की अंगुलियां कितनी लंबी है पूरे बदन मे घूमती होगी तो एक बिजली सी कौंघ जाती होगी फिर धीरे से कहती है एक बार मुझे भी महसूस करना है तुमने ऐसा किसी को करते हुये देखा नही होगा तो तुम अपने सामने देख लेना मधु की उत्सुक्ता बढ गई सोचने लगी श्री से कहॅू तो कैसे कहॅू वैसे श्री को समझना भी है कि वो मेरे अलावा अन्य से संबंघ बनाता है कि नही श्री की मंजूरी ली गई श्री की हॉ से मधु का दिल आधा डूब गया एक दिन तय हुआ और मधु ने बिस्तर तैयार किया दमयन्ती को बुलाया बिस्तर पर लिटा दिया फिर श्री को उसकी तरफ ढकेला दमयन्ती उठ कर खडी हो गई उसको मधु ने फिर लिटा दिया और धीरे से बोली तुम्हारे कहने पर ही तो सारा इन्तजाम किया और तुम भाग रही हो दीदी डर लग रहा है मधु ने उसके ब्लाउज के बटन खोले फिर उसके कानो मे बोली पूरे कपउे उतार देना दमयन्ती ने सिर हिलाया मधु वहॉ से अलग हो गई और दरवाजे के ओट मे जाकर खडी हो गई श्री ने दमयन्ती के साथ केवल शारीरिक संबंध ही बनाये संबंध के पूर्व किये जाने वाले प्यार को नही किया श्री सोच रहा था क्या मुझे इसलिये आगे बढाया गया कि मेरी जो स्थिति है उसमे दाग लगा दिया जाये और एक आदत निर्मित की जाये कि वह बार बार ऐसा करे और इसमे मधु सफल हो गई श्री की यह सोच स्वयं को धोखा देने की है और श्री नये अनुभव की अपेक्षा मे

आगे बढता गया समय समय पर दोनो मिलने लगे गुरूवार का दिन बाजार का दिन होता है उस दिन सामने का दरवाजा लॉक कर पीछे के दरवाजे से दोनो कमरे मे आ जाते थे इस तरह लगभग दो माह तक यह प्रक्रिया चलती रही इस बीच मधु प्रग्नेन्ट हो गई बाद मे पता चला पहले संपर्क से दमयन्ति प्रेग्नेन्ट हो गई थी श्री उसे डॉक्टरो के पास एबार्शन के लिये लेकर घूमता रहा लेकिन सब डॉक्टरो ने मना कर दिया उसे लेकर श्री जबलपुर पहुॅचा मधु उस वक्त प्रशिक्षण मे जबलपुर मे होस्टल मे थी दमयन्ति ने खापा थाने मे शिकायत कर दी थी जिसके कारण मधु परेशान थी जबलपुर के एक ख्यात वकील से मिल कर दमयन्ति के बयान लिये गये हस्ताक्षर लिये गये एवं ऑडियो रिकार्डिंग की गई सारे दस्तावेज खापा थाने मे जमा किये गये तब जाकर श्री के उपर से कलह टली

इसके बाद श्री को तो पंख लग गये केवलारी मे घर मे काम करने वाली लडकी को श्री ने नहाते समय पीठ पर साबुन लगाने के बहाने बुलाया उस वक्त श्री पूरी तरह से नग्न था सारे अंगो मे साबुन लगवाने लगा फिर श्री भी उसके सारे नाजुक अंगो को सहलाने लगा लडकी भी उसके साथ सहयोग करने लगी मधु जब भी बाहर रहती श्री उसके साथ संबंध बना लेता उस लडकी की एक आदत थी वह बिना कुछ बोले बिना रिएक्ट करे चुपचाप संबंध बनाने देती केवलारी मे बाहर से कुछ लोग आये थे जहॉ वो काम करने जाती थी श्री ने उसे घर बुलाया तो वह घर तो आ गई लेकिन श्री से कहा

मै गंदी हो गई हूॅ आपके लायक नही बची

और चली गई श्री इस लडकी के इस रूप पर यह सोचने लगा लडकियो का ऐसा भी चरित्र होता है वह जब तब घर

आ जाती थी और काम कर के चली जाती थी एक दिन श्री ने पूछ ही लिया

तुम कैसे गंदी हो गई उसने कहा

आपके प्यार करने का तरीका बहुत अलग है आप पूरे बदन को सम्मान देते हो ये लोग जो आये भूखे भेडिये की तरह है पूरे बदन को नोंच नोच कर खाते है

श्री सोचता है लडकियां कितनी मजबूर हो जाती है जीवन यापन के लिये ऐसे समझोते भी करने पडते है वह अपने आप की तुलना करने लगा तो वह उस लडकी से बहुत छोटा नजर आया श्री के साथ उसका प्यार नही था निस्वार्थ भाव से समर्पण था प्यार मे समर्पण आवश्यक है किन्तु समर्पण बिना प्यार के भी होता है आई लव माई इन्डिया गाने वाले कितने लोग भारत के प्रति समर्पित है शिक्षा भारत मे प्राप्त कर सुदूर देश मे जाकर अपनी सेवायें देते है देश के कर्णधार इलाज के लिये अपना वतन छोड कर अन्य देशो मे जाते है लगता है उन्हे अपने देश की प्रतिभा पर भरोसा नही अपने सम्भाषण मे भारत माता की जय बोलने वाले कितने समर्पित है देश के प्रति सोचते है ये देश गरीब और पिछडा है भेडचाल इनकी आदत है ये बिना परख के भीड जहॉ जाती है वहीं ठप्पा लगा देते है संविधान की मंशा के विरूध्द यहॉ चुनाव होते है प्रजातंत्र की जगह पार्टीतंत्र का राज चलता है देश के अधिकांश वकील भी इस पार्टीतंत्र से जुडे हुये है

श्री सोचता है क्या शारिरिक सुख की चाहत मे व्यक्ति मुख्य मार्ग से हट कर पगडंडियो का रास्ता स्वीकार कर लेता है क्या मै स्वयं भी भटक गया हूॅ स्वयं जवाब भी देता है हॉ

उन विधवाओं को देखो जिनके पति भरी जवानी मे चल बसे वे सब भग्वत भजन मे अपना जीवन व्यतीत कर लेती है

उनकी समस्याओ और बेहतर जीवन को लेकर कोई भी सामाजिक संगठन आगे नही आया महिला सशक्तिकरण भारत सरकार द्वारा संचालित महिलाओं की बेहतरी के लिये कार्य कर रही है दस और संघटन है वे सब महिलाओ के पक्ष मे कार्य कर रहै है लेकिन विधवाओ के पक्ष मे कोई भी संघटन ने आवाज नही उठाई उनके पुनर्विवाह पर कोई भी सामाजिक संगठन ने आवाज नही उठाई परिवर्तन हो रहा है लेकिन पारिवारिक स्तर पर व्यक्तिगत स्तर पर भी वैचारिक सोच मे परिवर्तन की आवश्यक्ता है

श्री के दिमाग मे माताराम द्वारा कही यह बात गहरी पैठ गई थी कि मधु के पिता के दोस्त जो किताबों के लिये आर्थिक सहायता कर दिया करते थे एक दिन वो घर आये थे मधु और अंकल की ऑखो की चमक और किये जा रहे इशारो को श्री ने स्पष्ठ रूप से देखा और समझा जो उन दोनो के बीच बने संबंधो की तरफ इशारा कर रहे थे मधु उस लडकी की तुलना मे बहुत छोटी लगी मधु के पास कोई मजबूरी नही थी और उस पिता समान अंकल को कोई शर्म नही दोनो की एक ही जरूरत थी शारीरिक सुख यह भी निश्चित था कि उस अंकल ने ही पहली बार मधु के साथ जबरदस्ती की होगी और फिर एक सुखद अंत ने बार बार संबंध बनाने को प्रेरित किया

नगर के रिश्ते से एक साली रोज सुबह पानी भरने आती थी और श्री के कमरे मे आ जाती थी श्री को उसके साथ संबंध बनाने मे पहली बार महसूस हुआ कि वास्तविक संबंध पूरी पूर्णता के साथ ऐसे होते है जो कि मधु के साथ कभी हुआ ही नही और मधु उस पूर्णता को पाने के लिये श्री से दिन मे तीन से चार बार संबंध बनाती थी लेकिन तृप्ती नही मिल पाती थी या पूर्व के अनुभवो की तुलना मे श्री कमतर

श्रीकांत भारती

पाया गया श्री के साथ अपने पहले सम्पर्क मे मधु द्वारा गुनगुनाया गया गीत बडे अच्छे लगते है यह दिखाने के लिये था कि यह मधु का पहला अनुभव है जबकि मधु इस खेल मे पारंगत थी श्री का सोचना है कि कोई भी लडकी किशोरावस्था मे आने पर लडको की नजर मे आ जाती है ऐसे मे कोई अच्छा सुन्दर लडका जो बात करने मे चतुर हो और सामने वाले के विचारों को समझ कर उसके अनुरूप बात करता हो ऐसे लडको के वाग्जाल मे लडकियां बहुत जल्दी आकर्षित होती है ऐसा ही मधु के साथ भी हुआ होगा कारण कि मधु को बात करना बहुत पसंद है लडकी एक बार बहकती है तो उसे रोकना मुश्किल हो जाता है और इस काम के लिये मौका और तरह तरह के बहाने ढूंढती है

आजकल रंगीन परदे ने लडकियो के मौलिक संकोच को एक तरह से हटा दिया है वे अब स्वतंत्र होकर शारिरिक संबंध के लिये स्वयं को प्रस्तुत कर देती है जिनके साथ उनकी प्रगाढ दोस्ती होती है ऐसा श्री के साथ भी हुआ जब भारती ने श्री से बोला आज बहुत इच्छा हो रही है जबकि इसके पहले भारती के साथ केवल आलिंगन का ही संबंध था

श्री के घर मे एक नन्ही बालिका ने जन्म लिया दोनो के खुशी का ठिकाना नही था उसके एक साल बाद बालक श्री के आंगन मे किलकारी भरने लगा उक्त प्रसव मे मधु को बहुत तकलीफ हुई इसलिये दोनो ने मिलकर यह निणर्य लिया और श्री ने अपना नसबंदी ऑपरेशन करा लिया

बच्चो के देख भाल के लिये श्री की शाली रागिनी और मॅझला शाला प्रमोद भी श्री के साथ आ गये दोनो की पढाई का जिम्मा श्री के कंधे पर सौंप दिया गया रागिनी बारहवीं पास कर चुकी थी जबकी प्रमोद पॉचवी कक्षा मे था पढने को बोलो तो भाग जाता कही भी छुप जाता था एक दिन श्री ने

उसे पकड लिया फिर उसके कान पकड कर घर ले आया तुम ये न समझो कि तुमने मुझे दस रूप्ये मे खरीद लिया है और मै तुम्हारा गुलाम हो गया हूॅ रस्सी से बॉध कर तुम्हे तीन दिन तक बॅधे रहने दॅूगा और खाना भी नही दूंगा मधु किचन से सपोर्ट करती है नही इसको तो उल्टा लटका कर नीचे से मिर्ची की धूनी देना चाहिये रागिनी आकर उसके गाल पर दो चॉटे रसीद कर देती है प्रमोद रोते रोते बोलता है हॉ तुम सब लोग एक हो जाओ बांध कर देखो मै रस्सी खोल कर भाग जाऊॅगा ऐसी जगह छुप जाऊॅगा कि ढूढ नही पाओगे लेकिन उसकी शैतानिया कम नही हुई रागिनी ने बी ए पास कर लिया था प्रमोद ने भी आठवी पास कर लिया और थोडा समझदार हो गया था उसकी आवाज बहुत अच्छी थी गाने मे जब तान छेडता था तो हाल मे सन्नाटा छा जाता था जिसके करण वह स्कूल मे सबका चहेता हो गया था स्कूल मे काव्यपाठ स्वरचित या अन्य कवियो की रचनाओ का वाचन गायन करने की प्रतियागिता आयेजित की गई प्रमोद श्री की रचित कविता को खुद की लिखी कविता बता कर ष्जंगल मे बैठकश का वाचन कर आया और प्रथम पुरूस्कार प्राप्त किया

प्रमोद मे पुरूस्कार मिलने के बाद एक नई उर्जा का संचार हुआ और वो अपनी पढाई पर ध्यान देने लगा उसने बायोलॉजी सबजेक्ट लिया और आगे की पढाई चालू की वह शैतान भी इतना था कहीं से भी मेंढक पकड कर ले आता और उसका डिसेक्शन कर लेता इस तरह बारहवीं परीक्षा पास कर ली उसने पी पी टी परीक्षा दी ओर उतने मार्क्स ले आये कि उसे डी फार्मा मे एडमिशन मिल गया प्रमोद को गोरमी मे स्थापित फार्मेसी कालेज दिया गया श्री प्रमोद को लेकर गोरमी पहॅुचा और प्रवेश के लिये सारी प्रकिया पूर्ण की फीस जमा की होस्टल की फीस जमा की फिर प्रमोद को

वहॉ कैसे रहना है किसी भी असामाजिक गतिविधियो से दूर रहना है और केवल पढाई पर ध्यान देना है आदि बाते समझाते हुये श्री वापस हो गया

श्री हर माह पॉच हजार रू प्रमोद को भेज देता था और साल मे एक बार गोरमी जाकर पमोद के रहन सहन और पढाई की स्थिति को देख आता था तीन साल के कोर्स के दौरान धर का कोई सदस्य प्रमोद को देखने नही गया और न ही प्रमोद को कोई आर्थिक सहायता पहुचाई

प्रमोद ने कोर्स पूरा किया और रामनगर आ गया इस बीच फार्मेसी काउन्सिल मे अपना पंजीयन कराया रामनगर मे रहते हुये घर मे रह रही रिश्ते की बहन गीता के साथ उसका संबंध बन गयाएक दिन दोनो घर से भाग निकले और बददी पहूचे और प्रमोद किसी फार्मा कंपनी मे नौकरी करने लगा बददी मे वे दोनो दो साल तक रहे फिर वे पीथमपुर आ गये

श्री उस समय इन्दोर मे तीन माह के प्रशिक्षण मे आया था श्री को जब पता चला वे दोनो पीथमपुर मे है तो श्री ने उनका पता ढूँढ निकाला और निवास स्थान की सही लोकेसन लेकर वहॉ पहुँचा धर मे गीता मिली श्री गीता से उनके जीवन यापन के संबंध मे सवाल पूछता रहा गीता ने अपने बहुत मुश्किल दिनो के बारे मे बताया इस बीच चाय बना कर पिलाई तब तक प्रमोद आ गया

श्री ने दोनो को रामनगर जाने हेतु कहा तो गीता ने कहा रहने दो जीजा जी हम यहीं ठीक है श्री ने कहा तुम लोग यहॉ बिना किसी नाम के रह रहे हो घर पहुँचोगे तुम्हे एक पहचान मिलेगी विधिवत तुम्हारा विवाह किया जायेगा अब वहॉ तुम लोगो को दिल से स्वीकार किया जायेगा दोनो को बात समझ मे आई

दूसरे दिन वे लोग रामनगर के लिये निकल पडे रामनगर मे उनका स्वागत किया गया और बहू के रूप मे गीता की आरती उतारी गई

रामनगर मे विवाह उपरान्त पार्टी दी गई प्रमोद ने नगर पंचायत से संपर्क कर एक दुकान किराये पर ली तथा मेडिकल स्टोर खोलने की समस्त प्रक्रिया पूर्ण कर मेडिकल स्टोर खोल लिया कुछ ही दिनो मे उसकी दुकान अच्छी चलने लगी

रागिनी ने बी ए पास कर लिया था सिवनी मे शिक्षको की वेकेन्सी निकली थी जिसमे परीक्षा देनी थी श्री ने फार्म भरवाया रागिनी ने परीक्षा पास कर ली और इन्टरव्यू भी निकाल लिया अब इच्छित जगह पोस्टिंग करवाना था श्री ने अपने व्यक्तिगत परिचय से रागिनी की पदस्थापना केवलारी करवा लिया केवलारी से पॉच किलोमीटर दूर बिजना गांव का समाज का एक लडका केवलारी मे ही शिक्षक था उससे रागिनी की शादी की बात चलाई लडके के घर जाकर घर की स्थिति देखी हर बात से संतुष्ठ होकर शादी पक्की कर दी गई चैत की नवरात्री मे सगाई और इसके दो माह बाद शादी विवाह का सारा इंतजाम श्री के जिम्मे था रागिनी की इच्छा एल एल बी करने की थी लेकिन सब कुछ इतने जल्दी हुआ कि एल एल बी भविष्य के गर्त मे चली गई

अक्सर मधु के अधिकारी विजिट पर आ जाया करते जिनके लिये भोजन बनाने का कार्य श्री करता श्री के अधिकारी भी आते थे लेकिन मधु होटल से चाय मंगवा कर पिला देती थी यदि अधिकारी ने खाने का बोला तो श्री को रेस्ट हाउस मे खाना बनवा कर खिलाना पडता इस बीच मधु का स्थनान्तरण सिवनी जिले के छपारा मे हो गया यहॉ पर मधु को प्रौढ शिक्षा अभियान मे लगा दिया गया मधु की टीम

मे एक प्रौढ पटवारी उसका टीम लीडर बना और उसने मधु के अकेलेपन का फायदा उठा कर मधु से संबंध स्थापित कर लिये

इतना सब होने के बाद भी श्री मधु को दिल से चाहता है और उसे कोई भी तकलीफ होने नही देता श्री के लिये मधु ही उसका सब कुछ है उसका परेशानी के मौके पर निर्भय होकर डटे रहना वैचारिक चतुरता और मिलनसारिता उसकी ये खूबी श्री को दीवाना बना देती है

श्री का स्थानान्तरण भी छपारा हो गया सभी बच्चो का एडमिशन भी छपारा मे एक प्रायवेट स्कूल मे करवा दिया था बच्चे पढाई मे होशियार रहे एक दिन श्री ने मधु से अपने लिखे पत्रों को मांगा ताकि वह उन पत्रों को पढ कर अपनी किसी कहानी मे जोड सके लेकिन मधु के जवाब से उसके होश उड गये वो सब तो मैने जला दिया और मेरी भेजी ग्रीटिंग्स वो भी जला चुकी हूॅ श्री ठगा सा खडा रह गया उन पत्रो मे श्री ने अपनी तमाम भावनाये लिखी थी कुछ कविताये भी उसमे थी वो सब जल गया

बच्चे बडे हो गये थे बहुत कुछ समझने लगे थे विशेष कर बच्चियां पटवारी जब भी आता बच्चियों का मूड बिगड जाता लेकिन मजबूरी मे कुछ कह नही पाती मधु का फील्ड वर्क था अक्सर पटवारी के साथ ही उसकी मोटर सायकल मे अपना जॉब करती थी लगभग 10 किलोमीटर का क्षेत्र मधु के जिम्मे था मधु को लौटने मे कभी कभी रात के दस बज जाते थे श्री की नाईट डयूटी मे ऐसे समय मे बच्चे अकेले हो जाते थे अस्पताल परिसर मे रहने के कारण श्री बीच बीच मे घर आ जाता था धीरे धीरे बच्चियो ने प्रतिरोध करना शुरू किया तो उन्हे बिना मतलब के डॉट खाना पड जाती थी इसका मतलब यह नही कि मधु बच्चियो को नही चाहती बल्कि बेतहासा

प्यार करती है एक लडका मंझली बच्ची को छेडा करता था बच्ची ने मम्मी को बताया तो मधु उस घर मे जाकर उनके मॉ बाप के सामने उस लडके को पीट कर आ गई फिर उसके बाद तो किसी लडके की हिम्मत नही हुई मधु ने सभी बच्चो को सिवनी मे कोचिंग इन्स्टीटयूट मे गरमी की छुटिटयो मे भेज दिया था श्री की इच्छा थी कि बच्चियो को भोपाल या इन्दोर मे कोचिंग कराई जाये लेकिन मधु उनको बडे शहर मे नही भेजना चाहती थी दोनो बच्चियो ने हायर सेकेन्डरी परीक्षा पास कर ली लेकिन प्री मेडिकल परीक्षा मे सफल नही हो पाई अगले साल बालक ने भी हायरसेकेन्डरी परीक्षा पास कर ली एवं प्री इन्जीनियरिइन्ग भी क्लीयर कर ली तीनो बच्चो को भोपाल मे स्नातक की पढाई के लिये भेजा गया तीनो एक किराये के मकान मे रह कर पढने लगे

मधु इंगलिस सीखने के लिये सिवनी एक कोचिंग संस्थान मे जाने लगी मधु का प्रमोशन भी होना था जिसके लिये मधु ने अपने एक अधिकारी से संबंध स्थापित कर लिये साथ ही इंगलिस कोचिंग मे आने वाले एक लडके से भी संबंध बना लिये वह लडका पास के गांव दौलतपुर का रहने वाला था धीरे धीरे वह लडका जिसका नाम गगन था घर आने लगा और रात रूकने लगा जिस दिन रात रूकता श्री को अलग कमरे मे सोना पडता श्री को मधु को रोकने की हिम्मत नही पडी क्योंकि श्री को डायबिटीज के कारण शारिरिक कमजोरी आ गई थी और वह मधु से संबंध नही बना पाता था श्री को मधु से दूर हुये पंद्रह साल से अधिक समय हो गया था श्री यह सोचने लगा कि मै कुछ नही दे पा रहा हूँ तो कम से कम गगन से पूर्ति हो जाती है कभी कभी मधु अपना दुख श्री को बोल देती थी तुम मेरा ध्यान रखते तो मै ऐसी नही होती श्री मन मे बोलता है जब मै पूरी तरह सक्षम था तब तुमने पटवारी से संबंध बनाये एक बार हमारी बेवजह लडाई हुई

तुम दीवार पर अपना सर पीटने लगी मै घबरा गया इस घटना के बाद मै चुप रहने लगा मेरी मानसिक स्थिति को भी तो समझना था तुम्हे मै किस अवसाद मे जी रहा हूँ ये तुम्हे जानना था मै बहुत चुप हो गया मेरे प्यार को तुमने मेरी कमजोरी मान लिया

भारती ने श्री को व्हाटसएप्प मे ब्लाक कर दिया था जिसके कारण श्री को भारती की वर्तमान स्थिति नही मालूम हो पाती थी इस कारण श्री अस्पताल के कर्मचारियो को फोन कर भारती के बारे मे पूछता था इन सब कारणो से भारती बहुत नाराज हुई और श्री को फोन कर खूब जम कर लताडा और बोला आज के बाद अस्पताल मे फोन करके मेरे बारे मे बात की तो मै आपके घर के सामने केरोसिन डाल कर आत्महत्या कर लूंगी और हॉ मै किसी से भी बात करू इससे तुमको क्या मेरी जिंदगी है मै अपने तरीके से जिउॅगी श्री बोलने की कोशिश करता है लेकिन भारती उसे चुप करा देती है इसके बाद से भारती और श्री की दोस्ती टूट जाती है और श्री ने भारती से कोई संपर्क नही किया लेकिन भारती मधु के दिमाग मे इस कदर छाई कि मधु उसे छोड नही पाई

श्री ने सूचना के अधिकार मे संपूर्ण जिले की जानकारी मांगी लेकिन छपारा के खण्ड कार्यक्रम प्रबंधक ने मधु को फोन कर श्री के बारे बोला कि श्री ने सूचना के अधिकार मे मेरे बारे मे जानकारी मांगी है यदि डॉक्टर ने मेरा नुकसान किया तो मे थाने मे जाकर उसकी शिकायत करूंगा इस बात से मधु डर गई और मधु ने जबरन श्री से माफी मंगवाई और कसम ले ली की उसके प्रति कोई कार्यवाही नही करोगे जबकि श्री सूचना आयोग मे इसकी शिकायत कर सकता था

खण्ड प्रबंधक ने फिर एक बार मधु को फोन किया उसके बाद मधु ने श्री को कमरे मे ले जाकर श्री की खूब पिटाई

श्रीकांत भारती

करी जिसके कारण श्री अर्धविक्षिप्त अवस्था मे आ गया था और चिल्लाने लगा था मधु श्री को इस अवस्था मे देख घबरा गई और किसी तरह श्री को सामान्य अवस्था मे लेकर आई

खण्उ प्रबंधक को मधु का मोबाईल नंबर भारती ने ही दिया था भारती फेसबुक मे उसको फॉलो करती है

गगन अब घर मे ही रहने लगा मधु उसके लिये उसकी पसंद का खाना बनाती और उसे खाना परोस कर खिलाती और श्री को बोलती खाना खा लो तब श्री रसोई मे जाकर खाना निकाल कर खा लेता

अब तो मधु यह बोलने लगी तुमने मेरे साथ शादी कर मेरी जिंदगी खराब कर दी तुम ही लगे रहे मुझसे शादी करने के लिये ग्रीटिंग किसने भेजा था श्री ने इस बार अपनी बात कही मधु ने साफ मना कर दिया मैने नही भेजा श्री ने फिर कहा तुम्हारी मॉ ने पूरे समाज के सामने चैलेन्ज किया था शादी होगी तो इसी लडके से मधु ये उनकी बात है वो ही जाने शादी के पहले तुम हर रात मेरे बिस्तर पर आ जाती थी ताकि मै तुम्हे गर्भवति कर दूँ और फिर तुम लोग मुझ पर दबाब बना कर मुझसे शादी करवाते इसका क्या जवाब है और आज तुम मुझे बार बार टोकती हो तुम्हे वजन उठाते नही बनता जब मै तुम्हारे घर आता था उस समय मै मात्र सैतालिस किलो का था तब तुम्हे मै नही अखरा अब क्यो अब तुम अपने पापा की तुलना मुझसे करती हो जबकि वो सेना मे थे

मधु ये बात सुनकर बात को पलट कर श्री के घर पर आ जाती और मॉ बाप पर कीचड उछालने लगती

श्री की बहन की शादी रामनगर मे एक शिक्षक के बेटे से तय हुई लडका भोपाल मे जूनियर साईन्टिस्ट था रामनगर मे

सारे विवाह के कार्यक्रम लगभग पूर्ण हो चुके थे अचानक लडके के घर से खबर आती है हम लडकी को नौकरी नही करने देंगे जबकि विवाह तय होने के पूर्व यह सब बाते तय हो गई थी बहू जब तक चाहे नौकरी कर सकती है

श्री का परिवार इस अप्रत्यासित खबर से गुस्से मे आ गया और उसी वक्त शादी निरस्त करने का फैसला लिया

श्री ने बहन को देने के लिये रेफरीजरेटर खरीद रखा था तथा सारा किराना सामान लेकर मधु के घर रख छोडा था

बाद मे पता चला ये सारा खेल मधु की मॉ का था शादी निरस्त हो गई और सारा सामान मधु के मायके के उपयोग मे आ गया

श्री को सिर्फ तम्बाखू गुटका खाने का शौक था वो भी मधु को पसंद नही था और हर बार मधु इस बात पर टोकती रहती मधु ने इसे अपने सम्मान का प्रश्न मान लिया हर किसी की कसम दिलाकर गुटका पाउच छोडने को कहती लेकिन श्री से ये आदत छूट नही पा रही थी एक बार तो कमरे मे ले जाकर श्री की जमकर पिटाई कर दी बोल खायेगा तू पाउच और डंडा लेकर श्री के कंधे पीठ पर खूब मारा हॉ भारती खिलाती है न तुझे पाउच तू जा उसके पास वही रहना भारती ने तो श्री के हाथो से पाउच छीन कर फेंक दिया था

श्री सोचता है गगन गुटका खाता है गांजा पीता है दारू पीता है फिर भी वो मधु को अच्छा लगता है आखिर ये दो प्रकार की मानसिक स्थिति मधु क्यो पाल कर रखी है

क्रमशः नाम की एक सामाजिक साहित्यिक संस्था ने एक गोष्ठी का आयोजन किया जिसमे नगर के गणमान्य चिकित्सको को आमंत्रित किया गया था श्री को मु चि एवं स्वा अधिकारी की हैसियत से बूलाया गया था इस बार त्वरित

विषय दिया जा रहा था और उन्हे उस विषय पर बोलना होता है श्री को सेक्स और उसका सामाजिक प्रभाव पर बोलना था श्री एक बार तो सकपका गया फिर अपने आपको नियंत्रित किया अपने स्थान से उठा और मंच पर पहुॅचा और धीरेधीरे बोलना ष्शुरू किया

सेक्स दो विपरीत लिंगो के बीच होन वाली क्रिया है लेकिन हम इसे विस्तार से देखे तो एक ही लिंग वाला व्यक्ति दूसरे लिंग वाले व्यक्ति के बारे मे सोचता है परिकल्पना करता है वह भी एक प्रकार से उपरोक्त परिभाषित प्रक्रिया मे शामिल हो जाता है यह वैचारिक सेक्स गंभीर स्थिति का सेक्स है इस प्रकार का सेक्स कुछ अप्रत्यासित करने का सोचता है ऐसी स्थिति बलात्कार करने को प्रेरित करती है यदि वो ऐसा कुछ नही कर पाता तो वह एक प्रकार से मानसिक रोगी बन जाता है

दूसरे प्रकार का सेक्स अनापूर्ति पर आपूर्ति के आधार पर है इसका सीधा साधा उदाहरण बेमेल विवाह है किन्तु आजकल विभिन्न अनुभवो को महसूस करने के लिये युवा जोडे विपरीत लिंग पर आकर्षित होते है कोई किसी की कमजोरी का लाभ उठा कर उसे पटा लेते है शासकीय सेवा मे कर्मचारी अक्सर अकेले रहते है ऐसे मे वे इस अकेलेपन को दूर करने के लिये एक दूसरे के पास आ जाते है और इस तरह विवाहेतर संबंध बनते है यह एक गंभीर सामाजिक बुराई है इसके लिये आवश्यक्ता है सेक्स शिक्षा की मेडिकल क्षेत्र के साथ साथ सामाजिक विज्ञान की ताकि छात्रो के दिमाग मे एक ठोस निर्णायक सोच विकसित हो सके

श्री के संक्षिप्त लेक्चर को सबने सराहा क्रमशः संस्था ने प्रशंसा पत्र दिया श्री घर लौटा तो मधु बिफराई हुई थी मिल आये भारती से श्री ने कहा मै यही एक गोष्ठी मे था तुम तो

बढे सत्यवादी हो बोलते कहीं जाने का और जाते कहीं ओर हो

श्री मधु के बारे मे सोचने लगा और अपने पुराने दिनो का याद किया तो उसे लगा मधु का यह विरोध शादी के दो साल बाद ही शुरू हो गया था जब भी श्री मधु के लिये कोई गिफट लाता मधु नाराज हो जाती फालतू पैसा बरबाद नही करो ज्यादातर श्री मधु के लिये साडियां ले आता था लेकिन मधु तारीफ किये बिना उन्हे एक तरफ रख देती थी मधु के लिये श्री ने खापा मे टेली विजन लगवा दिया ताकि खाली समय मे मधु बोर न हो मधु का स्थानान्तरण खापा से केवलारी हुआ श्री को टेलीविजन देखने नही देती थी श्री केवल समाचार देखता था बोलती थी ये क्या देखते हो सिर्फ मार काट दंगा फसाद ही दिखाते है और टी वी बंद कर देती थी श्री ने अगर कोई चेनल गाने का लगा लिया तो कहती मुझे आवाज से एलर्जी है और टी वी बंद करवा देती थी लेकिन अगर गगन टी वी देखता था तो उसके साथ बैठ कर खुद भी टीवी देखती थी तब आवाज की एलर्जी नही होती थी श्री सोचता है कि एलर्जी केवल उससे है

श्री ने एक सप्ताह की छुटटी ले रखी थी कई सालो से मित्रो से नही मिला था उनके कई बार फोन आ चुके थे बालाघाट और मलाजखण्ड जाने का निर्णय लिया श्री और मधु इस टूर पर निकल पडे बालाघाट दो दिन रूकने के बाद दोनो मलाजखण्ड पहुॅचे मलाजखण्ड जाने का विशेष मकसद था बालक जब पेट मे था तब मधु बैहर प्रशिक्षण मे थी तब अचानक मघु को पेट मे दर्द उठा तब मधु ने श्री को फोन किया श्री ने तुरन्त अपने मित्र डॉ आनन्द शुक्ला को फोन किया डॉ शुक्ला मलाजखण्ड कॉपर प्रोजेक्ट के अस्पताल मे सीनियर कन्सलटेन्ट थे वे स्वयं एम्बुलेन्स के साथ बैहर पहुॅचे

मधु को लेकर मलाजखण्ड अस्पताल तथा सीनियर गायनोकोलाजिस्ट को दिखाया एक दिन भरती रखा कंडीशन नार्मल होने पर डिस्चार्ज कर दिया उस समय श्री अवकाश की मंजूरी नही मिलने के कारण मलाजखण्ड नही जा पाया था

श्री और मधु का स्वागत दोनो पति पत्नी ने किया भाभी और मधु कुछ ही मिनटो मे घुल मिल गये उनकी खिलखिलाने की आवाजे बाहर तक आ रही थी

हॉ बोल श्रीकान्त कैसा है तू तेरी कवितायें आजकल आ नही रही है

यार आनन्द जवाब दारी ज्यादा होने के कारण लिख नही पा रहा हूॅ हॉ कुछ दिनो पहले लिखा था वो सुनाता हूॅ

प्रभु तुम अपनी नगरी से कहॉ विस्थापित हो गये
ढूंढा गली गली पर नही मिला कोई तुम्हारी तरह
दर्शन को आते लोग ले जाते तुम्हे खरीद कर
कोई भी नही रखता तुम्हे भक्त हनुमान की तरह
साधु वेष धारण कर तुम्हारा हो गये नशे के आदी
नही मिला कोई जटाजूटधारी विषधारी की तरह
प्रकाशपुंज तुम्हारा तुम तक ही सीमित रह गया
मन्दिर मन्दिर हर जगह एक मूर्त शिल्प की तरह
ढेरो इमारते खडी हो गई नगरी मे तुम्हारे प्रभु
बसे है लूटने परगांव के सभ्य डाकुओ की तरह

वाह श्रीकान्त तुमने तीखी बात कह दी कहॉ से लाते हो इतना सब कुछ

आनन्द तुम लोगो के बीच से ही फिर तुम मेरे इस मामले मे गुरू रहे हो

न जाने कब मधु और भाभी आकर खडी हो गई थी भाभी ने आनन्द की तरफ टिप्पणी करते कहा ये बहुत बात करते है फिर इनको होश नही रहता इनके साथ चल रही इनकी अर्धांगिनी इनके पीछे खडी है

भाभी आपको वाचाल पति से शिकायत है सही भी है आनन्द भाभी का ख्याल रखा करो पर भाभी मधु को अपने मूक पति से परेशानी है

श्रीकान्त भाभी की तारीफ मे दो चार कविताये सुना दिया कर

भैया जैसे ये बंद किताब है वैसे ही इनकी कविताये किताबो मे बंद हो जाती है

श्री कहता है मैने तुम्हे कविताये सुनाई उसकी समीक्षा आलोचना तो नही मेरे साथ जुडे किसी धटनाक्रम को लेकर कीचड उछालने लगती हो श्रीमति शुक्ला वक्त की नजाकत को समझते हुये बोल उठती है

अरे दीदी चाय तो खौल रही होगी और मधु को पकड कर किचन मे ले जाती है

इधर चाय नाश्ता कर श्री और आनन्द नगर दर्शन को निकल जाते है आनन्द जगहो का वर्णन करता जाता है इधर श्रीमति शुक्ला भी मधु को नगर की सैर कराने ले जाती है

रात के भोजन के बाद दोनो महिलाये सो जाती है लेकिन श्री और आनन्द विषय विशेष पर चर्चा करने लगते है

श्रीकांत भारती

यार आनन्द ये बताओ अन्य लोग हिन्दुओ पर हास्यास्पद टिप्पणी करते है राम भगवान होता तो सीता को कोई कैसे ले जा सकता था या किशन कन्हैया रासलीला ही करते रहते है

आनन्द गंभीर होकर विचार मुद्रा मे चला जाता है फिर कहना शुरू करता है हिन्दु संस्कृति बहुत प्राचीन है और जो भी वेद पुराण लिखे गये है वैज्ञानिक आधार पर लिखे गये है हमारे संस्कृति मे यह बताया गया है कि विश्व भर मे चौरासी लाख योनियां है यदि अच्छे कर्म करोगे तो मानव जीवन फिर मिल जायेगा अन्यथा विभिन्न योनियो मे भटकते फिरोगे देख हमारी आत्मा परमाणु से भी अति सूक्ष्म कण है मृत्यु उपरान्त वह आकास गंगा मे कही घूमति रहती है जब उसका समय होता है वह जलचर नभचर या भूतल पर निवास करने वाले किसी भी प्राणी के रूप मे आ जाती है

अब हमारे भगवानो की विभिन्न वेशभूषा को देख लो आनन्द उठ कर गणेश शिव दुर्गा जी के चित्र सामने रख देता है इन चित्रो को घ्यान से देखो और बताओ ये क्या संदेश दे रहे है

श्री कहता है इन चित्रो को भगवान मान कर इनकी तरफ अगरबत्ती घुमा देते है

यही समस्या है हम लोगो की हम लोग अंधानुकरण करते है कोई चित्रकार किसी महान चरित्र की कहनी बताने या संदेश देने के लिये एक ही चित्र के माध्यम से अपनी बात कहता है अब गणेश जी को लो गणेश जी चूहे पर बैठे है मेरे शब्द पर ध्यान देना मैने सवार नही कहा है श्री हुंकार भरता है गणेश जी को लम्बोदर भी कहा जाता है आजू बाजू रिघ्दी सिघ्दी है अब चूहे की आदतो पर आओ वह हर चीज कुतर जाता है यानी घर मे रखे अनाज को कुतर जाता है चित्रकार

यह बताता है कि चूहे को दाबो या समाप्त कर दो तो आप सब भी गणेश जी जैसे तंदुरूस्त रहेंगे और आपके पास प्रसिध्दी ओर सम्मान रहेगा तो गणेश जी का चित्र यही संदेश देता है आनन्द थोडा रूकता है पानी पीता है फिर अपनी बात को आगे बढाता है अब शिव जी के चित्र को देखो नीलकंठ है गले मे सर्प की माला है जटाओ मे गंगा विराजमान है अरे हॉ तुमने अपनी कविता मे भी ये बात कही है

साधु वेष धारण कर तुम्हारा हो गये नशे के आदी

नही मिला कोई जटाजूटधारी विषधारी की तरह

चित्रकार यह बताना चाहता है कि शिव ने सारा जहर अपने कंठ मे ही रोक लिया वह जहर शरीर के आंतरिक अंगो मे नही फैला इासलिये जहर का असर शिव जी को नही हुआ इसी तरह से उन्होने गांजा भांग एवं अन्य जहर अपने कंठ तक ही सीमित रखा याने वे उन चीजो के आदी नही थे चित्रकार यही संदेश देना चाहता है कि ये सारे नशे शिव जी को अर्पित कर स्वयं नशे से मुक्त हो जाओ शिव जी के गले मे सर्प को दिखाया गया है यानी सर्प का स्थान सर्वोपरी है क्योकि वह चूहे को खा जाता है

रावण को दशानन कहते है क्योकि रावण मे दस विलक्षण बुध्दि वाले व्यक्तियो सी क्षमता है रावण के पास ही उस काल खण्ड मे विमान था

दोनो थक कर सो गये दूसरे दिन श्री ने विदा लिया और वापस हो लिये

श्री सोचता है मैने मधु को दिलों जान से चाहा है उसके लिये मैने अपना पूरा परिवार छोड दिया उसके सारे भाई बहनो की पढाई का जिम्मा उठाया मैने तो भारती को अपने दिल से निकाल दिया है लेकिन मधु के दिलो दिमाग मे बहुत

गहरे से उतर गई है जब देखो तब उसी को सोचकर कठोर शब्दो से प्रहार कर देती है भारती एक नाम नही पूरी किताब है एक ऐसा चरित्र बहुत से भटकावो से गुजरते हुये एक ठहराव की ओर अग्रसर हो रहा है भारती उस वक्त नवमीं मे थी तब मधु ने उसे घर मे काम करने के लिये लगा रक्खा था वह नियम से सुबह सात बजे आ जाती थी उस वक्त मधु डयूटी जाने के लिये तैयार होती है ओर अपने कमरे से बोलती है सुनो भारती के लिये चाय बना देना और मेरे लिये काली चाय ये नियम सालों साल चलता रहा भारती अपने सारे कामो से निवृत होकर न्यूज पेपर लेकर पढने बैठ जाती और घडी की तरफ देखती जाती जैसे ही साडे आठ बजते वो उठकर चली जाती श्री सोच रहा था जिंदगी कब किस वक्त अंधेरे गलियारो से होकर गुजरने लगती है सामाजिक परिवेश और उस वक्त जुडे लोग स्वयं का विचलित दृष्टीकोण ये सब एक मिला जुला व्यवहारिक परिवर्तन जीवन की दिनचर्या को एक अलग पटरी पर ले जाता है मधु एक परिष्कृत विचारो वाली महिला हर परिस्थिति मे संतुलन बनाकर काम करती है न जाने आज किस उहापोह मे जी रही है सिर्फ श्री के लिये उसका व्यवहार एकदम से बदल जाता है तुम समझते क्या हो अपने आप को एक फटी चडडी मे आये थे तुम आज जो कुछ भी हो मेरे कारण बने हो मधु का ये दंभ श्री लगभग रोज सुनता है

ये बात सच है कि श्री एक केन्द्रीयकृत संस्थान मे टेक्नीकल डिविजन मे कार्य कर रहे कर्मचारी का बेटा है किन्तु शिक्षा के मामले मे श्री के पिता की सोच एवं दृष्टीकोण बिल्कुल साफ है जिसके कारण श्री डॉक्टर बन सका

तुम किस किस का मुँह बंद करोगे सारा गॉव तुम्हारी और भारती की चर्चा करता है श्री समझता है ये मधु की कपोल

कल्पित बाते है जो श्री को असीम मानसिक वेदना पहुॅचाते है इतना सब कहने के पश्चात मधु गहरी नींद मे सो जाती है जैसे उसके दिल मे ठंडक मिल गई हो

श्री कई बार भारती साडी पहनने को कहता लेकिन भारती मना कर देती एक बार भारती ने कहा भी कि मुझे साडी पहनना नही आता श्री ने बोला कोई बात नही मै पहना दूंगा भारती तैयार भी हो गई लेकिन दरवाजे पर खटखटाहट हुई और बात टल गई फिर उसके बाद श्री ने और प्रयास किये लेकिन भारती ने इसे मजाक मे लेना शुरू कर दिया हर बार यह कह कर टालती रही कि कोई आ गया तो मधु की पोस्टिंग सिवनी हो गई थी और वह सप्ताह के सप्ताह घर आया करती थी एक दिन भारती देर शाम को घर आई श्री के लिये खाना बनाया श्री से मिठाई मंगवाई श्री ने मिठाई के डब्बे से एक टुकडा निकाल कर खा लिया भारती ने देखा और कहने लगी थोडा सब्र कर लेते मै घर जाने वाली नही मेरे घर मे कोई नही है मै आपको मिठाई खिलाने वाली थी पर अब नही मुझे घर छुडवा *दो* श्री ने उसे घर वाहन चालक के साथ वाहन मे बैठाकर घर भिजवाया दूसरे दिन से भारती श्री के मोबाइल से वाहन चालक से बाते करने लगी

श्री का प्रमोशन हुआ और श्री सिवनी चला गया भारती की मॉ बताती है कि वो उस दिन खूब रोई उसके एक साल बाद श्री की डयूटी छपारा मे लगी अस्पताल केम्पस के एक खाली क्वार्टर मे श्री रूका भारती उसके कमरे मे आई और मोबाईल दिलाने को कहा श्री ने हॉ बोल दिया श्री ओर भारती दोनो बैठकर बतियाने लगे इस बीच श्री ने भारती को बाहों मे भींच लिया श्री धबरा भी रहा था श्री ने भारती को बोला चलो मोबाईल दिलवा देता हूॅ भारती जल्दी जाने की इच्छुक नही थी

श्री ने भारती को मोबाइल दिलवाया और सिवनी वापस हो गया भारती ने विदा लेते समय पूछ लिया अब कब मिलेंगे श्री ने जवाब दिया अब ऐसा कोई मौका नही मिल पायेगा भारती की ऑखो मे ऑसू आ गये श्री ने बोला तुम्हे मोबाइल मिल गया है उसी से बात कर लिया करेंगे और हमारी किस्मत मे मिलना लिखा होगा तो जरूर मिलेंगे

श्री की मॅझली बिटिया का प्रसव का समय नजदीक आ गया था मधु ने श्री को बोला भारती को फोन कर बुला लो जबकि मधु खुद भी फोन कर सकती थी श्री ने भारती को फोन किया भारती ने मम्मी को फोन दे दिया मम्मी ने कहा लडके वालो की बहुत खबर आ रही है हम कैसे भेज दे श्री ने कहा यदि ऐसी काई खबर आती है तो हम तुरन्त भारती को भेज देंगे काफी न नकूर के बाद भारती की मम्मी उसे भेजने को तैयार हो गई इसके बाद श्री भारती को लेने छपारा पहॅुचा और अपनी कार मे बैठाकर छिन्दवाडा छोड आया

भारती ने अपना मोबाइल श्री को सुधारने के लिये दे दिया था बोला इसकी बैटरी खराब हो गई है ठीक करवा लेना श्री ने दूसरे दिन ही उसकी बैटरी बदलवाकर मोबाइल चालू करवा लिया था एक दिन श्री फुरसत के क्षणो मे भारती का मोबाइल देख रहा था उसे कुछ कॉल रिकार्डिंग नजर आई जब सुनने बैठा तो उसके होश उड गये भारती के बारे मे श्री ने ऐसा सोचा भी नही था फोन मे लडके के द्वारा जिस भाषा का प्रयोग किया गया था वो एक पति पत्नी के बीच भी नही होती वो भाषा जो विवाह पूर्व एक लडके लडकी के बीच होती है वो भाषा संबंध बनाने के तरीको और उस पर की गई टिप्पणी जैसी थी

श्री जब छिन्दवाडा गया तो भारती को मोबाइल देने के पहले वो रिकार्डिग सुना दी यह सुन कर भारती एक दम

सकपका गई फिर थोडी देर चुप रहने के बाद सारी बात उगल दी

मम्मी पापा ओर मै लखनादौन मेरे मामा के घर गये थे पापा मम्मी मुझे छोड कर वापस छपारा चले गये वो लडका मामा घर पास ही रहता है वह इन्जीयरिंग पढ रहा था बहुत सुन्दर था उसका नाम रवि है उससे मेरी दोस्ती हो गई फिर वहीं पर हम दोनो ने संबंध भी बनाये फिर मै भी वहॉ से वापस आ गई इसके बाद मै चार बार लखनादौन गई बीच बीच मे फोन पर बात होती रहती थी फिर फोन आना बंद हो गया तीन साल बाद जब वो मिला तो ढुलमुल और एकदम मोटा पता चला कि उसको थायरोइड की बीमारी हो गई है इस बार वो छिन्दवाडा आया और मुझे बुलाया मै छिन्दवाडा गई वह मुझे अपने एक दोस्त के कमरे मे ले गया इस बार उसका संबंध बनाने का तरीका बिल्कुल अलग था एकदम जंगली जैसे कई सालो से भूखा था मै उसके पास से लौट कर आई तब उसने ये फोन किया था

इस तरह भारती ने अपनी पूरी कहानी सुनाई श्री ने पूछा क्या और भी है जिनसे तुमने संबंध बनाया और फेसबुक मे तुम्हारे ज्यादातर लडके ही दोस्त है भारती इस प्रश्न पर चुप हो गई फिर थोडी देर रूक कर कहने लगी हम लोगो ने बहुत गरीबी देखी है जब मै दस साल की थी तब से सेठो के घरो मे बर्तन मांजने जाती रही हूॅ उस समय हमारे घर मे दो समय का खाना भी नसीब नही हो पाता था कई बार पापा को जिस दिन मजदूरी नही मिलती उस दिन हमे भूखे सोना पडता था यहॉ के सेठ लोग बहुत ही कंजूस है तीन सौ रू माह मे लगाते है और काम इतना लेते है कि एक घर मे ही आधा दिन लग जाता है इस कारण मुझे दस साल की उम्र मे ही काम पर लगा लिया पापा हमे पढाने के इच्छुक थे मम्मी

के विरोध के बाद भी उन्होने हमारा एडमिशन स्कूल मे करा दिया मुझे पढने का शौक था इसलिये मै हर क्लास पास होती चली गई मुझे दसवीं मे सप्लीमेन्टरी आई मम्मी ने आगे पढने से मना कर दिया फिर आपने घर मे मम्मी को समझाया तो मुझे आगे पढने की अनुमति मिली और मैने बारहवीं की परीक्षा पास कर ली श्री ने पूरी बाते ध्यान से सुनी फिर पूछा सेठ लोगो के यहॉ का कोई अनुभव भारती फिर बोलने लगी जैसे जैसे मै बडी होती गई तो फटे कपडे और फटी चुनरी से मै कितना ढांकू कहीं न कही से सब दिख जाता था सेठो के लडके जब तब मुझ पर निगाह रखते थे जब घर मे कोई नही रहता तब आकर मुझे भींच लेते थे और दबा कर चले जाते थे कुछ तो बहुत गंदा बोलते थे मै घबरा जाती थी और जल्दी जल्दी अपना काम खतम कर घर भाग जाती थी आप बोल रहे थे फेसबुक मे मेरे ज्यादातर लडके दोस्त है हॉ ये सही है मै लडकियो से बात करना पसंद नही करती अगर उनसे बात करो तो सीधे अपने पडोस की लडकियो के बारे मे बताने लगती है और उनके व्यक्तिगत जीवन पर कीचड उछालने लगती है लडकियां पढाई करे कोर्स की बाते करे ये तो वो करती नही शायद उनका पारिवारिक परिवेश ही ऐसा है मम्मी जैसे बाते करती है वैसा ही ये लोग सीखती है श्री कहता है हॉ ये तुम सही कह रही हो बेटी पर अपनी मॉ का आचार विचार व्यवहार का बहुत गहरा असर पडता है

इतने मे श्री की बेटी आ जाती है भारती आज मेरे ससुराल से नन्द नन्दोई आ रहे है खाना ज्यादा बनाना भारती उठ कर चली जाती है और पापा आप क्या बतिया रहे थे उससे अरे कुछ नही वो अपने पुराने बीते दिनो की कहानी सुना रही थी पापा इसको ज्यादा महत्व नही देना नही तो ये लोग सर पर चढ जाते है हॉ बेटा कह कर श्री चुप हो जाता है

श्री वापस सिवनी चला जाता है कुछ दिनो बाद भारती के घर से खबर आती है उसको देखने के लिये लडके वाले आ रहे है श्री भरती को लाने के लिये कार भेजता है कार लगभग रात दस बजे छिन्दवाडा पहुॅचती है छिन्दवाडा से रात 12 बजे के आस पास निकलते है भारती छपारा न उतर कर सीधे सिवनी आती है कारण पूछने पर कहती है रात मे कोई दरवाजा नही खोलेगा सिवनी पहुॅचकर फ्रेश होकर श्री के बिस्तर पर बैठ जाती है श्री बोलता है तुम्हारा अलग कमरा है उसमे जाकर सो जाओ भारती कहती है नींद नही आ रही है श्री ओर भारती बैठे बैठे गप्पे करने लगते है भारती धीरे से श्री के नजदीक खिसक जाती है श्री इशारा समझ उसे बाहो मे भर लेता है फिर सुबह होने तक एक दूसरे को सहलाने लगते है एक दो घन्टे की नींद लेकर दोनो उठते है भारती नहा धोकर नाश्ता बनाती है और नाश्ता करने के बाद श्री की कार से छपारा के लिये निकल जाती है

भारती से बी ए प्रथम वर्ष का फार्म भरवा दिया जाता है वह प्रायवेट परीक्षार्थी के रूप मे परीक्षा मे शामिल होगी जैसे ही बी ए प्रथम वर्ष की परीक्षा समाप्त होती है श्री की बडी बिटिया का विवाह तय हो जाता है भारती को काम के लिये बुला लिया जाता है

एक दिन जब सब लोग मार्केटिंग के लिये गये थे घर मे श्री और भारती थे भारती श्री से बोलती है आज बहुत इच्छा हो रही है और अपनी कुरती उतारने लगती है दोनो संबंध बनाते है

बडी बिटिया की विदाई के बाद श्री मधु और बेटा त्रयंम्बकेश्वर दर्शन के लिये चले जाते है श्री को बुखार आ रहा था त्रयंबकेश्वर से लौटने के बाद श्री का बुखार तेज हो जाता है और किसी भी दवाई से नियंत्रित नही हो पा रहा था

तो श्री को नागपुर मे जाकर प्रायवेट अस्पताल मे भरती किया जाता है श्री की स्थिति काफी खराब हो गई थी आई सी यू मे रखते है जॉच से पता चलता है कि प्रोस्टेट मे मवाद भरा हुआ है जिसका ऑपरेशन कर मवाद निकाला जाता है लगभग 20 दिन श्री आइ सी यू मे रहता है मधु इस सब बातो से घबरा जाती है

श्री स्वस्थ होकर अपनी डयूटी ज्वाइन करता है इसके एक माह बाद श्री प्रमोट होकर मुख्य चिकित्सा एवं स्वास्थ्य अधिकारी बन जाता है

भारती बी ए प्रथम वर्ष पास कर लेती है फिर द्वितीय वर्ष की तैयारी मे जुट जाती है श्री छपारा मे भारती को एन आर सी मे केयर टेकर के पद पर लगा देता है भारती की सगाई छिन्दवाडा जिले के लिंगा मे रहने वाले लडके से हो जाती है लडके का नाम अमित है

सगाई वाले दिन श्री को भी बुलाया जाता है अमित बी ए कर चुका था और ठेकेदारी सिस्टम के माध्यम से कम्प्यूटर ऑपरेटर के पद पर जनपद मे काम कर रहा था श्री ने अमित से पूछा आगे ओर पढाई करेंगे क्या अमित ने जवाब दिया मैने एल एल बी प्रथम वर्ष निकाल लिया है श्री बोलता है मतलब आप वकील बनेंगे अमित बोलता है जी सोचा तो यही है श्री कार्यक्रम के बाद सिवनी चला गया सगाई के कुछ दिनो बाद भारती का फोन आता है क्या मै अमित जी से बात कर सकती हूॅ श्री ने कहा हॉ करो लेकिन मर्यादा मे रह कर

भारती ने फोन कर बात की लेकिन अमित हूॅ हॉ के अलावा कुछ नही कहा मै अभी काम कर रहा हूॅ बाद मे फोन लगाता हूॅ भारती थोडा उदास हो जाती है कैसे है कोई जवाब ही नही देते और न खुद ही फोन करते

भारती फिर अपनी मोसेरी बहन के बारे मे अमित को बताती है कि उसकी सगाई के बाद उसका दूल्हा राजा उसे मोबाइल गिफट दे गया अमित बोलता उनकी उतनी हैसियत है मेरी नही है मै ये सब नही कर पाउंगा भारती बोलती है कोई बात नही कम से कम यहॉ मिलने तो आ जाया करो मुझे छुटटी नही मिलती नही आ पाउंगा भारती की मम्मी ने भी फोन पर कहा बेटा आ जाया करो हमे अच्छा लगेगा एक बार तो भारती ने कह दिया आप नही आ रहे तो मै आ जाउ अमित ने साफ मना कर दिया यहॉ दीदी है वो क्या सोचेंगी

शादी के लिये कपउे खरीदने के लिये सब लोग छिन्दवाडा जा रहे थे लिंगा छिन्दवाडा से 20 किलोमीटर ही दूर है अमित को बोला गया आप आ जाओ अपनी पसंद के कपउे खरीद लेना अमित कहता है आप को जो पसंद आये ले लेना मै नही आ पाउंगा अमित को नही आना था तो नही आया 30 अप्रेल को बारात लगनी थी लेकिन कोविड के कारण अनुमति नही मिल पाई और बात जुलाई तक टल गई इसके बाद न जाने किन कारणो से अमित ने सगाई तोड दी

भारती को बहुत बडा सदमा लगा वह उदास रहने लगी उसका किसी काम मे मन नही लगता था अस्पताल जाते समय रास्ते मे एक खाद बीज की दुकान पडती है उस दुकान मे काम करने वाला लडका भारती को रोज आते जाते देखता था और किसी तरह भारती से संपर्क करना चाहता था फेसबुक मे उसने भारती की फोटो देखी और फ्रेण्ड रिक्वेस्ट भेज दिया भारती ने भी स्वीकार कर लिया फेसबुक पर दोनो बात करने लगे भारती ने राजेन्द्र को लिख भेजा व्हाटसएप्प मे बात करे ये ज्यादा अच्छा है अब उन दोनो की घन्टो घन्टो बात होने लगी राजेन्द्र भारती को जानू कह कर संबोधित

करने लगा और भारती उसे बाबू के नाम से संबोधित करने लगी राजेन्द्र शादी शुदा था और उसकी एक बच्ची भी है

श्री ने भारती के मोबाइल से व्हाटसएप्प स्केन कर लिया था उनके बीच मे हो रही पूरी बाते पढ लेता था सही मायनो मे भारती को सच्चे प्यार की अनुभूति हो रही थी लेकिन खुलकर घूमने का डर यथावत था श्री ने कभी भारती को पैदल चलने नही दिया और रेल मे भी ए सी टू टियर मे बैठा कर लाया है लेकिन उम्र की दूरी भारती मे वो फीलिंग नही ला सकी जो राजेन्द्र के साथ मिली जानू ओर बाबू का जोडा प्यार के मैदान मे कुलांचे भर रहा था

छपारा मे एक पंडित जी से भारती की मॉ ने ने संपर्क किया भारती की कुंडली देख कर उन्होने कह दिया अब तक तो विवाह हो जाना था अब कोई चांस नही है लगभग दोहजारचौबीस के बाद ही कोई रास्ता निकल सकता है मै कुछ उपाय बता रहा हूँ उसे पूरी ईमानदारी से निभाना है अर्थात कोई गलत कदम नही उठाना पहला घाट सेक्सन मे लखनादोन जाते समय रास्ते मे दुर्गा जी का मन्दिर है वहॉ हर मंगलवार आरती मे सम्मिलित होना पडेगा आधा घन्टा वहॉ बैठकर पंडित जी को सुविधानुसार दक्षिणा देकर लौटना दूसरा शिव जी के मन्दिर मे हर पक्ष मे अमावस्या पूर्णिमा मे अभिषेक करना

भारती और राजेन्द्र नियमानुसार जाने लगे लेकिन जिस ईमानदारी की बात पंडित जी ने कही उसका पालन नही किया गया दोनो को जहॉ मौका मिला वे उसका सदुपयोग कर लेते थे

पूजा पाठ का दौर भी समाप्त हो गया लेकिन कोई रिश्ता या खबर नही आई भारती ने भी यह मान लिया कि अब

उसकी शादी नही होगी राजेन्द्र से भी भारती नाराज हो गई थी कारण कि वो कभी.कभी अनर्गल कमेन्ट कर देता था भारती के फोन फ्रेण्डस बढ गये थे इनमे से उसकी एक मुस्लिम लडके से ज्यादा बात होने लगी वह लडका मेडिकल रिप्रजेन्टेटिव था उस लडके का नाम जाविद था लंबा स्लिम तीखे नैन नक्श का सांवला वह छपारा आता तो भारती से किसी होटल मे एक से दो घन्टे मे मिल लेता था एक बार तो जब घर मे कोई नही था भारती ने पीछे के दरवाजे से उसे घर मे बुला लिया उस दिन श्री छपारा मे ही था श्री ने भारती से घर आने की पूछा तो भारती ने मना कर दिया उस दिन भारती के घर मे भारती और उसकी छोटी बहन थी पूजा 9 बजे काम पर निकल जाती थी और 1 बजे वापस आती थी भारती बार बार श्री को फोन कर लड रही थी संभवतः श्री की छपारा मे कहॉ है कि पोजीशन ले रही थी लगभग 12/30 पर फिर फोन आया भारती के पापा ने फोन किया बोला आप भारती को बार बार फोन क्यों करते है मत किया करे इतना सुनते ही श्री ये समझ गया ये पापा जी नही हो सकते क्योकि वो ऐसा कभी बोल नही सकते श्री जब दुबारा छपारा उन्हाने गया तो पापाजी से पूछा तो उन्होने कहा उस दिन मै सिवनी गया था बंधन बैंक मे पैसे जमा करने

जाविद के साथ बने संबंध कही ज्यादा सुखमय रहे भारती का उसकी तरफ झुकाव बढता गया श्री जब एक बार भारती के घर गया तो देखा भारती का चेहरा भरा भरा आकर्षित करने वाला लगा राजेन्द्र श्री को फोन कर बोलता है भारती आजकल बात ही नही करती श्री बोलता है तुम झूठ बोल रहे हो ऐसा हो नही सकता भारती हमेशा मुझसे लडते वक्त बोलती है कि तुमसे अच्छा तो राजेन्द्र है मेरा सबसे अच्छा दोस्त है

भारती ने श्री को फोन किया क्या मै रवि से शादी कर लूँ श्री ने साफ मना कर दिया नही करना एक तो वो नौकरी नही करता दूसरा एकदम मोटा और ढुलमुल हो गया है भारती बोलती है हॉ ये सही है फिर उलट श्री से बोलती है तुम कर लो मुझसे शादी श्री बोलता ये मेरी खुश किस्मति होती अगर मेरी उम्र 35. /40 के आस पास होती लेकिन मै उस उम्र के पडाव पर खडा हूँ कि मै कभी भी भगवान को प्यारा हो सकता हूँ नही ऐसा मत बोलिये आप आप हमारे लिये जिंदा रहे आपके रहने से हमे हिम्मत रहेगी

जाविद से लगातार बात होती रही और किसी न किसी मौके की तलाश कर संबंध बनते रहे एक दिन भारती ने जाविद से शादी करने का प्रस्ताव रखा तो जाविद सांस लेते हुये रूक कर जवाब दिया तुम जैसी लडकी से कौन शादी करेगा तुम्हारा स्थान तो धंधा करने का है धंधा करो अच्छे पैसे मिलेंगे बोलो मंजूर है ग्राहक मै भेज दूंगा भारती की ये स्थिति हो गई कि काटो तो खून नही मुझे होटल बुला कर तुमने मेरे साथ जबरदस्ती की खैर जाने दो तुमने अपनी औकात बता दी

भारती घर मे अकेले बैठे अपने बारे मे सोचने लगी तो उसको श्री की कही बाते याद आई दुनिया मे कोई किसी का नही होता सब अपने मतलब के लिये एक दूसरे से जुडते है काम निकल जाने पर ऐसे निकल जाते है जैसे उनका आपसे कभी कोई संबंघ भी था इसलिये खुद से दोस्ती करो खुद को समझो अपनी योग्यता का आकलन करो खुशी मिलेगी मैने तुम्हारी योग्यता का आकलन किया है इसलिये मैने तुम्हे पी एस सी मे एपीयर होने को कहा

ये सोचते सोचते भारती ने अपनी नकारात्मक सोच को तिलांजली दी अपने स्थान से उठी आलमारी मे रखी श्री द्वारा

दी गई पुस्तको को निकाला माथे से लगाया अगरबत्ती जलाया और पुस्तको की आरती उतार कर पुनः माथा टेक कर पढने बैठ गई डयूटी जाती तो वो खाली समय मे रात को पढे पाठ को रिवाइज करती मोबाइल उसने एक तरफ फेंक दिया था भारती ने प्राथमिक परीक्षा निकाली फिर मुख्य परीक्षा भी निकाल ली अब साक्षात्कार होना शेष था रोज स्वयं परीक्षक बनकर स्वयं से प्रश्न पूछती स्वयं जवाब देती उक्त प्रक्रिया को मोबाइल मे रिकार्ड करती खुद आकलन करती फिर असंतुष्ठ होने पर उसी प्रक्रिया को बार बार रिपीट करती वो खाना पीना भी भूल गई थी घर मे सब उसका सहयोग करने लगे थे और समय समय पर उसे पानी नारीयल पानी ज्यूस पिला देते थे

सक्षात्कार के दिन वह पूरे आत्मविश्वास के साथ तैयार होकर साक्षात्कार मे अपीयर हुई ज्यूरी उसके आत्मविश्वास का आकलन उसके एटीटयूड को देखकर कर चुकी थी बस अब उसके सामन्य ज्ञान और परिस्थिति जन्य त्वरित उत्तर को परखा शुभकामनाये देते हुये विमुक्त किया

भारती वापस आ गई और अपनी तरफ से पूर्णतः संतुष्ठ थी

आखिर वह दिन भारती के जिंदगी को दिशा देने वाला दिन साबित हुआ जब ये पता चला कि उसका चयन मध्यप्रदेश प्रशासनिक सेवा के लिये हो गया है उसकी पदस्थापना हरदा जिले मे खिरकिया तहसील मे तहसीलदार के पद पर की गई यह बात बिजली की गति से पूरे छपारा तहसील मे फैल गई भारती के छोटे से घर के आगे पत्रकारो की भीड लग गई भारती बाहर निकली सबने बोला मेडम जी हमें अपकी बाईट लेनी है भारती ने कहा ठीक है आप सब रूकिये मै दस मिनट मे आती हॅू

श्रीकांत भारती

पॉच मिनट बाद भारती पत्रकारो के सामने थी माफ कीजियेगा आप सब को इंतजार करना पडा आप एक एक प्रश्न पूछिये मै पूरी कोशिश करूंगी आप के प्रश्नो का संतुष्ठी पूर्ण जवाब देने की

प्रश्न आपने काफी उम्र बाद पी एस सी फाईट किया यदि आप सफल नही होती तो आपको दुबारा मौका नही मिलता

भारती :– हॉ मुझे मालूम था इसलिये मैने तैयारी पहली बार मे पास होने के लिये की थी

प्रश्नः– पी एस सी मे लेट एपीयर होने के पीछे कोई कारण

भारतीः– हॉ इसके पीछे मेरी गलत सोच और पारिवारिक मान्यताये है थोडा रूक कर सामाजिक पारिवारिक मान्यताओ के चलते एक लडकी को शादी के अलावा अन्य कोई विकल्प नही सुझाया जाता शादी के बाद एक लडकी को पुरूष नाम का एक सुरक्षा कवच मिल जाता है और लडकी अपना पूरा जीवन निर्वाह उस छत के नीचे कर लेती है फिर थोडा रूककर मेरी सगाई हो गई थी लेकिन मेरे मंगेतर ने बिना कोई कारण बताये सगाई तोड दी मै उदास रहने लगी इस बीच मैने कई लडको से फोन संपर्क के माध्यम से बात की एवं शादी के लिये भी कहा लेकिन सबने विवाह पूर्व संबंध बनाने की बात कही सबके इन उत्तरो से मै अवसाद मे चली गई कई दिनो तक मै चुप अवस्था मे रही एक दिन घर मे अपना आकलन कर रही थी तो मुझे डाक्टर अंकल की कही हुई बातें याद आई उन्होने मुझे आगे पढने के लिये प्रोत्साहित किया मेरे घर आकर मेरी मम्मी को समझाया यदि वो ऐसा नही करते तो मै दसवी के बाद लोगो के घरो मे आज बर्तन मॉजने का काम कर रही होती उन्होने मुझे बी ए करवाया आगे की पढाई के लिये प्रोत्साहित किया पुस्तके लाकर दी मै उनकी हर बात को हल्के मे लेती रही हर बार कह देती थी घर का काम अस्पताल का काम से मुझे समय नही मिलता

उन्होने फिर कहा तुम सारा समय मोबाइल पर लगी रहती हो कम से कम वही समय पढाई के लिये निकाल लिया करो

मैने डाक्टर अंकल द्वारा दी गई पुस्तको को आलमारी से निकाला माथे से लगाया और पढाई शुरू कर दी

पत्रकार :– आपका कोई संदेश

भारती:– मै लडकियो से बोलना चाहती हूँ अच्छे दिखने वाले अच्छा बोलने वाले बेमतलब की तारीफ करने वाले उन सभी लडको से दूर रहे एवं स्वयं का आकलन करे तो समझ मे आयेगा कि इन लडको द्वारा की गई तारीफ उनके स्वयं के मतलब पूर्ति के लिये होती है ऐसे लडके बहला फुसला कर अपना काम निकाल लेते है और लडकी भटकाव के रास्ते पर चलने लगती है फिर वह दिशा हीन हो जाती है शादी के बाद भी विवाहेतर संबंध बनने लगते हे इसलिये किसी भी लडके के वाग्जाल मे न फंसे स्वयं को देखे और स्वयं को दिशा दे

सभी पत्रकार भारती जी अपका बहुत बहुत धन्यवाद आपने हमारी नई पीढी को बहुत अच्छा संदेश दिया और हॉ आपके मार्गदर्शक डा अंकल कौन है उनका नाम बतायेगे

भारती:–हॉ सिवनी जिले से मुख्य चिकित्सा अधिकारी बन कर सेवा निवृत हुये डाक्टर श्री कान्त

पत्रकार :–आप उनसे मिलने जायेगी

भारती :–हॉ अपनी ज्वाइनिंग देने के पहले मै उनका आर्शीवाद लेने उनके घर जाउंगी

इधर श्री का मधु से विवाद बढता चला गया था बात एक दूसरे से अलग होने की आ गई थी अचानक भारती का घर आना होता है मधु भारती को देख कर श्री की तरफ मुखातिब

होकर बोलती है लो आ गई तुम्हारी... भारती जाकर मधु के गले लग जाती है सिसक कर रोने लगती है मधु उसको हटाने की कोशिश करती है लेकिन भारती की पकड मजबूत होने के कारण हटा नही पाती उसके सिसकने के कारण मधु के ऑखो मे भी आंसू आ जाते है भारती अंकल यहॉ आकर सोफे मे बैठो और आन्टी आप भी भारती अपने बैग से शॉल निकालती है और दोनो का औढा देती है फिर दोनो के हाथ मे श्रीफल भेंट करती है दण्डवत होकर दोनो के चरण छूति है फिर भरे गले से बोलना ष्शुरू करती है अंकल मैने आपके सपने को साकार कर दिया मै तहसीलदार हो गई हॅू हरदा जिले की खिरकिया तहसील मे मेरी पहली पोस्टिंग होगी मै आपसे और आन्टी से आर्शीवाद लेने आई हॅू अंकल मैने पहले आपका कहना नही माना आपसे बात करना बंद कर दिया आपका कहना नही माना और उन दोस्तो को अपना सब कुछ समझा आप सही कहते थे ये लोग धोखा देंगे उनसे जो तिरस्कार मिला तो आपकी सारी बाते याद आई ओर मैने लगन से पढाई शुरू कर दी और पहले प्रयास मे सफल हो गई अंकल आन्टी आप दोनो मेरे मागदर्शक रहे आप दोनो का स्थान मेरे लिये भगवान जैसा है

मधु भारती को उठाकर गले लगा लेती है और जोर जोर से रोने लगती है फिर श्री की तरफ होकर बोलती है तुम कैसे भी हो लेकिन तुम बहुत अच्छे हो तुम्हारे साथ मै सारी जिंदगी बिता दूंगी फिर भारती की तरफ होकर बोलती है तहसीलदार साहब बैठिये मै आपके लिये बढिया भोजन बनाकर लाती हॅू और सब हॅसने लगते है

// इति श्री श्रीकान्त – भारती कथा समाप्त //

www.ingramcontent.com/pod-product-compliance
Lightning Source LLC
LaVergne TN
LVHW061603070526
838199LV00077B/7154